니콜로 장편 소설

FUSION FANTASTIC STORY

ARENA

아레나 이계사냥기

아레나, 이계사냥기 2

니콜로 장편 소설

초판 1쇄 찍은 날 § 2015년 3월 11일
초판 1쇄 펴낸 날 § 2015년 3월 18일

지은이 § 니콜로
펴낸이 § 서경석

편집부장 § 권태완
편집책임 § 박은정

펴낸곳 § 도서출판 청어람
등록번호 § 제387-1999-000006호
등록일자 § 1999. 5. 31
어람번호 § 제1-2076호

주소 § 경기도 부천시 원미구 부일로 483번길 40 서경B/D 3F (우) 420-822
전화 § 032-656-4452 팩스 § 032-656-4453
http://www.chungeoram.com
E-mail § chungeorambook@daum.net

ISBN 979-11-04-90154-6 04810
ISBN 979-11-04-90152-2 (세트)

FUSION FANTASTIC STORY

니콜로 장편 소설

ARENA

아레나 이계사냥기

2

도서출판 청어람

ARENA

아레나
이계사냥기

CONTENTS

1장

여자들

“나 먼저 갈게.”

현지는 가방을 챙겨 들고 자리에서 일어섰다. 그런데 그때였다.

“에이, 어디 가요. 더 놀다 가요.”

옆자리에 있던 금발로 염색한 남자가 대뜸 현지의 손목을 확 잡아끄는 것이었다.

그 바람에 털썩 의자에 주저앉은 현지는 깔깔 웃으며 다시 일어나려 했다.

“안 돼요. 가봐야 해요.”

“아, 싫어. 가지 마요.”

남자는 애교를 부리듯이 장난을 치는데, 잡고 있는 현지의 손목을 꽉 잡고 놓지 않고 있었다. 장난인 줄 알고 함께 웃었던 현지의 얼굴에 서서히 당혹이 어렸다.

'뭐야 이건 또?'

난 남자에게 정중하게 말했다.

"분위기 깨서 죄송해요. 집안 사정이 있어서 어쩔 수 없네요."

"에이, 뭔 사정이요. 한참 재미있게 놀고 있는데, 여동생이 애도 아니고."

"사정이 있어서요. 현지 데리고 가볼게요. 그 손 놔주세요."

"저도 그러고 싶은데……."

금발 남자는 현지의 손목을 움켜잡은 손을 들어 보였다.

"손이 안 떨어져요. 이상하네."

"큭큭큭."

"아, 병신."

친구들이 웃긴다고 낄낄거린다. 재미있냐? 이걸 개그라고.

"노, 놓으세요."

당황한 현지가 뿌리치려고 애썼지만 남자는 놓지 않았다.

분위기가 점점 싸늘하게 식어갔다.

'아, 정말인지…….'

박고찬도 그랬지만, 이쯤 되면 한 가지 궁금한 게 있다.

내가 그렇게 만만하게 생겼나?

왜 다들 내가 당황해서 어쩔 줄을 모를 거라고 확신하고 마음 놓고 시비를 거는 걸까?

"그러지 말고 형님도 우리랑 같이 한잔하고 놀죠? 짠?"

그러면서 금발 놈이 맥주를 들어 올린다. 그 순간,

콰악!

"컥!"

난 거침없이 손을 뻗어 놈의 모가지를 틀어쥐었다.

"이제 손이 떨어져?"

"컥! 커억!"

"여동생 옆에 앉혀놓고 같이 놀자고? 죽고 싶어?"

그래.

이 새끼가 아주 잘 봤다.

난 거리낌 없이 폭력을 쓸 수 있는 사람이 아니었다. 얼마 전까지는 그랬다.

그런데 레드 에이프를 수십 마리씩 죽이고 박고찬의 시체를 매장한 후로, 과거의 나는 이제 없었다.

"이제 자신이 평범한 사람이 아니라는 것을, 아주 특별한 인간이라는 것을 자각하셨나요?"

몰라, 씨발.

그게 칭찬처럼 들리지 않는다고.

이대로 정말 목을 분질러 죽일 수 있을 것 같은 나 자신이 마음에 들지 않는단 말이야.

"오, 오빠!"

"현지, 너는 나가."

"으, 응."

그제야 손이 풀린 현지는 후다닥 밖으로 나갔다.

"나도 갈래."

"같이 가."

현지의 두 친구도 허겁지겁 가방을 들고 일어섰다.

"그 손 안 놔!"

금발 놈의 친구 하나가 벌떡 일어나 고함을 질렀다.

현지와 친구들이 모두 나가자 그제야 나는 녀석의 목을 놓아주었다. 켁켁거리며 숨을 몰아쉬는 금발 놈. 그 두 친구가 험악한 눈길로 날 노려본다.

내가 말했다.

"죄송하게 됐는데, 친구분도 좀 장난이 과하셨어요. 다시 한 번 사과드리고, 재미있게 노세요."

허리를 굽히며 정중하게 인사를 하고서 재빨리 룸에서 나왔다.

뭐, 이해는 한다. 비싼 돈 들여서 룸 잡고 노는데, 내가 쳐들어와서 좋은 분위기 파토 냈으니까. 누가 기분이 좋을까.

가뜩이나 오늘 클럽 꼴을 보니 순 남탕이던데. 가끔 보이는 여자들 면면을 봐도 현지와 친구들 수준이 상당히 높은 편이다.

그래도 여자 친오빠를 앞에 두고 싱글싱글 쪼개며 장난치면 안 되잖아.

현지와 친구들이 룸 밖에서 기다리고 있었다.

"가자."

"응……."

나는 풀 죽은 현지를 데리고 클럽을 나섰다. 그런데 그때였다.

"어딜 가, 새끼야!"

'응?'

뒤를 돌아보니 그 금발 놈은 뛰쳐나와 씩씩대며 날 노려보고 있었다. 아, 정말 진상이구나 하고 무시하고 싶은데, 놈의 손에 빈 술병이 들려 있다.

"어딜 그냥 가냐고!"

금발 놈이 술병을 든 채로 성큼성큼 다가온다.

"오, 오빠!"

"어떡해!"

현지와 친구들이 겁에 질렸다.

주위 사람들 시선이 이쪽으로 쏠렸다. 이러다 경찰서까지 가는 건 아니겠지?

금발 놈이 가까이 다가왔을 때였다.

내 오른손이 반사적으로 움직였다.

나는 손끝으로 찔러 놈이 들고 있던 술병을 후려쳤다.

파삭!

놀랍게도 술병이 놈이 쥐고 있던 주둥이만 남겨놓고 모두 깨져 버렸다.

"……?!!"

금발 놈은 얼음처럼 굳어버렸다.

'나, 나도 놀랐다!'

순간적으로 몸에 힘이 넘쳐서 나도 모르게 시도해 봤다. 왠지 가능할 것 같았는데, 정말 해낸 것이다!

'특수부대 정예 수준의 육체라더니!'

이런 것도 가능하구나.

난 체력보정 초급 4레벨의 힘에 내심 경탄했다.

"왜? 더 볼일 있어?"

내 물음에 금발 놈은 멍청한 얼굴로 고개를 도리도리 저었다. 싸워서 될 상대가 아님을 깨달은 눈치였다.

결국 싸움은 그렇게 일단락되고 우리는 클럽에서 나왔다.

"오빠, 미안해……."

현지는 잔뜩 울상이 된 얼굴로 말했다. 그러면서도 내 소매를 꼭 잡고 있는 행동을 보면 애교는 타고났다.

화낼 기력도 없이 나는 한숨을 쉬었다.

"됐어. 그놈 말처럼 네가 애도 아니고. 누구랑 뭘 하고 놀든 내가 참견할 일이 아닌 것 같다."

"아니야, 오빠, 진짜 오해하지 마. 여기서 놀면서 한 번도 이런 일 없었단 말이야."

억울하다는 듯이 항변하는 현지에게 친구들도 한마디씩 동조했다.

"맞아요. 원래 같이 어울리는 사람들은 다들 매너 좋아요."

"하도 끈질겨서 한번 얘기만 나눠본 것뿐인데……."

나는 손을 휘휘 내저었다.

"그건 됐고, 전화는 왜 꺼놨냐. 연락이 안 되니까 걱정하잖아. 좀 늦는다고 말이라도 해주든가."

"히잉, 놀다가 들어간다고 하면 언니가 허락 안 해준단 말이야."

"누나 허락이 왜 필요해? 네가 언제부터 말 잘 들었다고."

"나 요즘 언니한테 용돈 받아 써……."

"엥?"

"엄마는 이제 노후 대비해야 한다고 언니가 내 뒷바라지 책임지겠대. 내가 들고 다니는 신용카드 언니 거야."

"아……."

대충 알 것 같다.

우리 고삐 풀린 망아지 현지를 통제할 수 있는 유일한 사람이 누나였다. 그래서 누나가 엄마한테서 고삐를 건네받아 직접 관리하기 시작한 것이다.

"으휴, 이 사백아."

"사백이가 뭐야?"

"네 토익 점수다, 이것아."

현지의 얼굴이 형편없이 일그러졌다. 친구들이 깔깔거리며 웃었다.

"아씨, 뭐야! 쪽팔리게!"

"쪽팔린 걸 알긴 아니?"

"그러는 지는 토익 점수 얼마나 나왔다고!"

"……650."

"하이고, 높기도 해라! 존경스럽다! 비결이 뭐예요? 대기업 스펙이네!"

"400보단 낫지! 말이 토익 400이지, 인사담당자한테 시비 거냐? 면접관 어그로 끌려고 작정했어?"

현지와 나의 투덕거리는 다툼에 친구들은 연신 웃느라 정신이 없었다. 그렇게 싸움으로 인한 어색한 분위기는 사라졌다.

분위기가 전환되자 친구들 중 긴 생머리에 쌍까풀이 인상적인 귀여운 여자가 물었다.

"그런데 오빠, 무술 하셨어요?"

"아, 맞아! 나도 대박 놀랐는데. 오빠, 그거 술병 깬 거 어떻게 한 거야?"

현지도 손뼉을 치며 물었다.

나는 머리를 긁적였다.

"무술은 아니고 그냥 운동 좀 했어. 알잖아. 요즘 운동 진짜 열심히 한 거."

"만날 등산 다니고 한 건 봤는데, 그러고 보니 몸도 묘하게 확 좋아졌네?"

현지는 내 어깨와 가슴을 툭툭 치며 신기해했다.

"얼마 전까진 안 이랬잖아. 원래 운동이 이렇게 빨리 효과가 나타나나?"

"달리 할 일이 없었잖아. 종일 운동만 했지 뭐. 술병 깬 건

나도 놀랬다. 그냥 우연이야."

"운동 정말 많이 하셨나 봐. 오빠, 복근 보여주세요, 복근!"

커헉.

긴 생머리 쌍꺼풀녀가 눈을 반짝반짝 빛내며 물었다.

"아, 안 돼요. 복근 그런 거 없어요."

"응? 아닌데. 복근 있는데? 언제부터 이랬어?"

현지가 내 배를 툭툭 친다. 육식녀들 사이에 둘러싸인 한 마리 양이 된 듯한 기분이 들었다. 얘들 무서워!

"히히, 아무튼 오빠 다시 봤다. 그런 면이 있는 줄은 몰랐어. 알고 보니까 되게 용감하네."

현지는 나에게 팔짱을 끼며 애교를 부렸다. 나는 그런 현지의 머리를 쓰다듬었다.

"애야, 그렇게 아부 떨어도 넌 오늘 끝장이야. 누나가 잔뜩 벼르고 있어."

내가 네 속을 모르겠니?

"히이잉! 오빠, 그러지 말고 비밀로 해줘. 나 그냥 친구들이랑 카페에서 얘기하고 놀고 있었다고 말해줘, 응?"

"술 냄새 풀풀 풍기며 그런 말이 잘도 통하겠다."

"민정! 향수!"

현지가 손가락을 딱 튕기자, 민정이라 불린 쌍꺼풀녀가 가방에서 신속하게 향수를 꺼내 칙칙 뿌려주었다. 재스민 향이 코를 강하게 자극한다.

향수 앞에서 빙글빙글 돈 현지가 짠 하고 양팔을 벌렸다.

"어때? 이제 안 나지?"

"향수 냄새가 더 수상하다."

"아, 뭐야!"

"그냥 포기하렴. 누나한텐 아무것도 안 통해. 그러게 누가 폰 꺼놓으래?"

"바쁜데 자꾸 전화하잖아. 음악 때문에 들킬까 봐 그냥 배터리 나갔다고 뻥치려 했는데. 힝, 난 죽었다."

그런데 그때, 쌍꺼풀녀가 대뜸 나에게 얼굴을 내밀며 말을 걸었다.

"오빠, 그럼 저랑 폰 번호 교환해요."

"예?"

이게 뜬금없이 무슨 소리지?

"다음에 또 현지가 폰 꺼놓고 잠수 타면 저한테 연락하시면 되잖아요. 우리 항상 같이 놀거든요."

"아, 그럴까요? 그럼 감사하죠."

난 스마트폰을 쌍꺼풀녀에게 건넸다. 그녀는 내 스마트폰을 빠르게 터치하며 자기 번호를 입력하기 시작했다.

그러자 이를 빤히 지켜보던 현지가 인상을 쓰는 것이었다.

"어이! 거기 요망한 년, 스톱."

"왜?"

"엇다 대고 작업질이야 작업질은. 쉿, 쉿! 울 오빠한테서 안 떨어져?"

"치, 내가 뭘?"

쌍꺼풀녀는 전화까지 걸어서 자기 폰에 내 번호가 입력되게 했다. 현지의 구박을 받으면서도 정말 꿋꿋하다.

다시 스마트폰을 건네받아 확인해 보니, 친구 이름은 '유민정∧∧*' 이라고 등록되어 있었다. 그 와중에 이모티콘까지, 엄청난 손놀림이다. 내공이 대단하구나.

근데 나 작업 걸린 건가?

묘한 상황이 만들어질 때였다.

"근데 집에 어떻게 가지? 차 다 끊겼는데."

다른 친구 하나가 의문을 제기했다.

"아, 맞다. 우린 걸어가면 되는데 너희는 어떡해?"

현지도 걱정했다.

민정은 한숨을 쉬었다.

"원래 클럽에서 날밤 까고 첫차로 돌아가려 했는데."

"난 가볼게. 너희끼리 더 놀든가."

이에 친구들은 질색을 했다.

"싫어. 이제 클럽은 가고 싶지도 않아."

"그 사람들 또 만나면 어떡해. 그냥 택시 타고 가야지 뭐."

나는 죄책감을 느꼈다.

내가 아니었으면 다들 잘 놀고 있었을 테니까. 물론 여동생이 그 싸가지 없는 금발 새끼한테 픽업당하는 꼴은 절대 못 보지만!

"제 탓이니까 제가 택시비를 드릴게요."

"어? 아니에요."

"괜찮은데……."

그런데 지갑을 꺼내 열어본 나는 식은땀을 흘렸다.

어디로 간 거냐? 만 원짜리 지폐 네 장.

'헉! 맞다! 강천성!'

그제야 나는 가지고 있던 현금을 어제 강천성에게 전부 털어준 것을 떠올렸다.

당황해서 석상처럼 굳어버린 나에게 현지가 슬금슬금 다가왔다. 팔꿈치로 옆구리를 쿡쿡 찌르며 은근히 묻는다.

"이보세요?"

"……."

"혹시 막상 지갑 열어보니 돈이 없으신 건 아니죠, 백수 오빠?"

"……."

"아, 대박 쪽팔려!"

현지가 자지러져라 웃었다. 친구들도 입을 가리고 따라 웃는다.

요절복통 난리도 아닌 세 육식녀 사이에서 나는 화끈거려서 얼굴을 들 수 없었다. 이게 아닌데. 이런 게 아닌데! 좀 더 멋지게 마무리할 수 있었는데!

……결국 친구들은 자기 돈으로 택시를 타고 집에 돌아갔다. 나는 계속 깔깔대며 놀리는 현지와 함께 귀가했다.

하지만 현지는 누나 앞에서 무릎을 꿇고 응분의 대가를 치러야 했다.

"다음 달부터 카드 한도 30만 원으로 낮출 거야."
"히잉!"
"토익 800 이상 맞을 때까지야."
그건 현지 머리로 가능한 일이 아니었다.

* * *

다음 날 아침, 눈을 뜨자마자 몸을 일으켰다. 상체가 고무처럼 벌떡 튕겨져 올라와 스스로도 놀랐다.

'아참, 나 이제 복근 있는 남자지. 에헤헤.'

잘 쪼개진 식스팩을 쓰다듬으며 아침부터 히죽히죽 웃는 나였다. 이러다 나르시스트가 될지도 모르겠다.

시간 확인을 위해 스마트폰을 확인하니 메시지가 도착해 있었다.

[유민정∧∧*: 오빠, 일어나셨어요?]

오, 현지 친구 민정이다.

난 답문을 보냈다.

[나: 이제 일어났네요.]

세면과 양치질을 하고 거실로 나왔다. 또 위잉 폰이 진동하기에 확인해 보았다.

[유민정∧∧*: 어제는 오빠 덕분에 집에 잘 돌아갔어요.]

답장이 빨라서 좋다. 요즘 여자들은 꼭 대답을 일부러 늦게 하던데.

나는 즉각 답변했다.

[나: 별말씀을 제가 택시비를 드린 것도 아니고.]

[유민정^^*: ㅋㅋㅋㅋ 부끄러우셨나 보다.]

[나: 텅 빈 지갑에 여자 셋이 깔깔거리고, 평생 트라우마로 남을 듯.]

[유민정^^*: ㅎㅎㅎㅎ 죄송해요. 아무튼 어제 구해주신 보답으로 제가 밥 살게요.]

[나: 사신다고요?]

[유민정^^*: 네. ㅇㅇ]

[나: 제가 돈이 없을 것 같으니까…….]

[유민정^^*: 아니에요. ㅋㅋㅋㅋㅋ 그럼 오빠가 사세요.]

[나: 돈이 없어요.]

[유민정^^*: ㅋㅋㅋㅋㅋㅋㅋㅋㅋㅋㅋㅋㅋㅋㅋㅋㅋㅋㅋ]

한참을 키득거리며 채팅을 하고 있을 때였다.

'살기?!'

문득 서늘한 한기가 들어 뒤를 돌아보니, 현지가 날 노려보고 있었다.

"하, 학교 안 갔냐?"

"오늘 휴강이야."

"그래? 그, 근데 뭘 꼬나보니?"

"내놔."

"……뭘?"

"폰 내놔 봐."

"가족끼리 프라이버시를 존중하자."

"오빠는 내 프라이버시를 존중해서 클럽에 쳐들어와서 날 끌고 나왔어?"

"그건 누나가 시켜서 어쩔 수 없었고."

"에잇, 빨랑 안 내놔!"

현지는 득달같이 달려들어 내 스마트폰을 빼앗았다. 레드 에이프보다 더 빠르다!

스마트폰 화면의 채팅 기록을 본 현지는 부들부들 떨기 시작했다. 그러더니…….

"엄마! 오빠가 불여시한테 빠졌어!"

가게 나갈 준비를 하는 엄마한테 쏜살같이 달려가 고자질한다. 그만둬!

엄마가 현지 말에 고개를 갸웃거렸다.

"불여시? 그게 무슨 소리니?"

"내 친군데 오빠가 홀랑 넘어갔어."

지 친구더러 불여시라니. 그건 대체 무슨 우정이니?

"어머나."

엄마는 잔뜩 기대감이 어린 얼굴로 손뼉을 쳤다.

"불여시든 뭐든 아들한테 여자가 생기긴 생겼다는 말이니? 엄마 손주 볼 수 있는 거야?"

"지금 무슨 태평한 소릴 하는 거야! 걔한테 걸리면 오빠 같은 모솔은 들었다 놨다 갖고 놀면서 영혼까지 탈탈 털린단 말이야!"

모솔이라고 하지 마! 나 모솔 아니야! 마, 많이 비슷한 처지이긴 하지만!

"얼마나 털리든 손주만 준다면 엄마는 만족한단다."

역시 우리 엄마는 남다르다.

"아, 진짜 엄마!"

발을 동동 굴리는 현지.

그 틈에 나는 현지의 손에서 스마트폰을 탈환했다.

그리고는 키득거리며 다시 채팅을 쳤다.

[나: 현지가 험담을 하네요. 잘못 걸리면 영혼까지 탈탈 털릴 거래요.]

[유민정^^*: ㅋㅋㅋㅋ 웃겨 정말. 근데 오빠 그거 아세요?]

[나: 뭘요?]

[유민정^^*: 꼭 틀린 말은 아니에요.]

[유민정^^*: 보고 싶어서 안달복달하고, 화났을까 봐 조마조마하고, 조금만 잘해줘도 좋아서 잔뜩 들뜨고. 저랑 사귀면 다 그렇게 돼요.]

[나: ;;;]

[유민정^^*: 얼마나 좋으면 그러겠어요?]

얼마나 좋으면…….

그 한마디에 심장에 비수가 꽂힌 것처럼 나는 움찔했다.

[유민정^^*: 오빠도 한번 그렇게 돼볼래요?]

'커헉!'

직격탄. 직구 한복판 스트레이트. 너무 당황한 나머지 뭐라고 대꾸해야 하는지 감이 안 잡혔다.

그런데 그때였다.

[알림: 현지 님이 당신을 채팅방에 초대하셨습니다.]

[알림: 현지 님이 '유민정∧∧*' 님을 채팅방에 초대하셨습니다.]

현지가 우리를 단체채팅방에 초대했다.

[현지: 민정이 너.]

[유민정∧∧*: 왱∧∧?]

[현지: 지난번에 클럽에서 광질할 때 동영상 찍었는데 한번 다 같이 관람 ㅇㅋ?]

[유민정∧∧*: 허걱;;]

[현지: 그때 장난 아니었지?]

[유민정∧∧*: 미안해. ㅠㅠ]

[현지: 위에 하나 벗고 봉춤 추고.]

[유민정∧∧*: 내가 잘못했어! ;;;]

[현지: 까불지 마라.]

[유민정∧∧*: ㅠㅠ]

대체 무슨 동영상일까. 얼마나 미친 듯이 놀았기에?

머릿속으로 온갖 상상이 됐지만, 그렇게 채팅은 끝나버렸다. 이렇게 유민정과의 짧은 썸도 끝나는가 싶었다.

위잉.

짧은 진동.

스마트폰을 확인해 보니,

[유민정^^*: 오빠 아직 대답 안 한 거 알죠? 기다릴게요. 쉿, 현지한텐 비밀!]

헐, 현지가 난리 치는 것도 이해가 되었다.

현지의 경고에 굴복했나 싶었는데, 시치미를 뚝 떼고 곧바로 내게 메시지를 또 보낸 것. 거리낌 없이 들이대는 육식녀의 포스가 느껴졌다.

한참 후에 나는 답장을 날렸다.

[나: 보고 싶네요.]

[유민정^^*: 저요?]

[나: 봉춤.]

[유민정^^*: ㅋㅋㅋ]

[나: ㅋㅋㅋㅋㅋ]

아, 재미있네. 이런 것도. 덕분에 하루를 즐겁게 시작하게 되었다.

하루아침에 좋은 육체를 얻었지만 나는 게으름을 피우지 않고 등산을 다녀왔다. 몸이 게으르면 정신도 게을러지기 때문에 꾸준히 운동을 할 생각이었다.

'강천성 같은 사람도 있는데.'

자신의 순수한 노력으로 체력보정 초급 5레벨 수준으로 몸을 단련한 무술가.

지금 내 몸도 대단한데 강천성은 대체 평생 얼마나 피나는 노력을 했단 말인가?

그런 사람이 나를 리더로 인정해 줬다. 그러니 나는 리더로서 최소한 그 앞에서 한심한 모습을 보이면 안 된다.

'내가 노력으로 얻은 힘도 아니니까 더욱 노력해야지.'

등산을 다녀오니 기분이 한결 좋았다. 전혀 힘들이지 않고 정상을 찍고 내려왔다. 그냥 산책 다녀온 기분이었다.

'그래도 힘들 때까지 운동해야지.'

힘든 상황에서 참고 움직이려면, 힘들게 운동을 하면서 인내심을 길러야 한다고 생각이 들었다.

딱히 아는 운동이 없어서 팔굽혀펴기만 계속하며 시간을 보낼 때였다.

차지혜로부터 전화가 왔다.

—안녕하셨습니까, 차지혜입니다.

"예, 안녕하세요."

—바뀐 몸은 적응이 되십니까?

"한계가 어느 정도인지 알아보려고요. 등산 마치고 운동 중이에요."

—좋은 생각이십니다. 휴식은 좋지만 운동은 꾸준히 해주십시오.

"네, 그런데 무슨 일로 전화하셨어요?"

—김현호 씨의 200카르마를 어떻게 써야 할지 결론이 나왔습니다.

"아, 전에 무슨 실험을 해야 한다고 하셨죠?"

—예, 실험은 성공했습니다. 딱 200카르마로 아이템화 할 수 있는 소총을 찾았습니다.

"소총? 아이템화?"

―총기류는 카르마 보상으로 얻을 수 있는 것보다 지구의 물건이 성능이나 품질이 월등합니다.

"하긴, 제가 갖고 있는 마법소총도 유효사거리가 60미터밖에 안 되니……."

―내일 연구소에 오셔서 무기를 시험해 보시고 결정하시겠습니까?

"알겠습니다. 그런데 이번에도 데리러 와주는 건가요?"

―그렇습니다. 차량과 헬기로 모실 겁니다. 연구소 위치는 보안 사항이라 직접 찾아오실 수 없습니다.

"알겠습니다. 그럼 내일 봬요."

―예.

나는 통화를 종료했다.

소총이라…….

현재 내가 가진 전장식 마법소총은 유효사거리가 60미터밖에 안 되고, 한 발 한 발 쏠 때마다 일일이 총알을 총구에 넣어 장전해야 한다.

그런데 지구의 소총이라면?

실프로 인해 명중률 100%를 자랑하는 나에게 유효사거리가 500미터는 족히 되는 소총이 주어진다면?

'정말 천하무적이 되겠는데?'

실프로 주변 1킬로미터를 꼼꼼히 정찰하고, 사거리에 들어올 때마다 족족이 쏴 죽인다!

생각만 해도 마음이 든든해지는 일이었다.

*　　　*　　　*

다음 날, 차량과 헬기로 서해안의 외딴섬에 위치한 한국아레나연구소에 도착했다.

"이쪽으로 오십시오."

차지혜는 내가 도착하자마자 안내를 했다. 뭐랄까, 조금 들뜬 모습이었다. 어서 성과를 내게 보여주고 싶어 하는 눈치였다.

엘리베이터를 타고 지하 5층으로 내려갔다.

도착한 지하 5층은 사격장이었다.

'넓다!'

웬만한 학교 운동장보다도 넓은 거대한 지하 공간! 표적들이 나열된 곳에는 각각 표지판에 50미터, 100미터, 250미터라고 표기되어 있었다.

"굉장히 넓네요."

"소총 사격 훈련을 염두에 둔 사격장이니 당연합니다."

차지혜가 당연하다는 듯이 말했다. 그런데 이 여자는 여전히 말투가 다나까다. 저러다 평생 군바리 티 못 벗지 싶었다.

"먼저 이 총을 봐주십시오."

차지혜는 무기고라고 쓰여 있는 창고에 들어가 소총 두 자루를 꺼내 왔다. 그중 한 자루를 내게 보여주었다.

개머리판이 나무로 된 굉장히 클래식한 소총이었다.

"전쟁 영화에서 많이 본 듯한 총인데요."

"당연합니다. m1891, 모신나강이라고 불리는 19세기 말에 개발된 소총입니다."

"모신나강?"

나는 건네받은 모신나강을 이리저리 살폈다.

길이가 1.2미터는 족히 넘어 보였고, 탄창이 보이지 않았다. 고전적인 멋이 살아 있는 디자인이라 마치 내가 전쟁 영화의 주인공이 된 듯한 기분을 느끼게 한다.

그런데 이 묵직한 무게감이라니. 이건 자체로 훌륭한 둔기가 될 것 같았다.

"탄창은요?"

"5발이 탄창이 총 안에 내장되어 있고, 볼트액션식입니다."

총기류에 대해 간단히 살펴본 적이 있어서 알고 있다. 볼트액션은 한 발 쏠 때마다 볼트를 당겨 탄피를 빼야 하는 방식을 뜻한다.

"전장식보다는 낫지만 그래도 반자동은 없나요? 근접전에서 힘들 것 같은데."

"어쩔 수 없습니다. 이 총이 현존하는 소총 중 가장 카르마가 적게 듭니다."

"그럼 어쩔 수 없네요. 그럼 이게 200카르마라는 거죠?"

"아니, 300카르마입니다."

"예? 그럼 이걸 왜 보여주신 거예요?"

"저희는 300카르마에 해당되는 모신나강의 값어치를 200카르마 이하로 낮추는 실험을 했습니다."

"그런 게 가능해요?"

"물론입니다. 실험은 성공했고, 이게 바로 200카르마짜리 모신나강입니다."

차지혜는 들고 있던 다른 소총을 나에게 보여주었다.

똑같은 모신나강이었다.

'딱히 달라진 게 없는 것 같은데.'

한번 개머리판을 어깨에 견착하고 사격 자세를 취해보았다. 그리고 250미터 거리에 있는 표적지를 향해 조준을…….

'어라?'

그제야 나는 뭐가 달라졌는지 깨달았다.

"조준을 할 수 없네요."

"가늠쇠와 가늠자를 제거했으니 당연합니다."

그랬다.

가늠쇠, 가늠자가 없었다. 이런 걸로 제대로 사격을 할 수 있을 리 없었다. 보통의 경우는.

"제대로 조준할 수 없는 소총은 값어치가 크게 떨어집니다. 김현호 씨에겐 조준이 필요 없지만 말입니다."

"아! 그런 방법이 있었네요!"

그제야 나는 감탄을 했다.

그냥 말만 연구소가 아니었다.

이런 아이디어까지 생각해 내다니, 제대로 시험자의 생존을 위해 노력하고 있다는 것을 알 수 있었다.

"그 모신나강라면 200카르마로 아이템화 할 수 있습니다. 일단 한번 총기의 성능을 시험해 보시겠습니까?"

"그러죠."

그녀는 탄환 5발이 꽂힌 클립을 내게 건네주었다.

난 그걸 받고서 어쩔 줄을 모르다가 어깨를 으쓱했다.

"가르쳐 주세요. 하나도 모르겠네요."

"개발된 지 100년도 넘은 총이니 당연합니다."

나는 그녀가 가르쳐 주는 대로 총알을 장전하고 사격 자세를 취했다.

"실프."

—냐앙!

실프가 휙 하니 나타나 내 어깨에 사뿐히 앉았다.

정령을 처음 본 차지혜는 신기한 얼굴로 실프에게 넋을 잃었다.

2장

난 뭐 하라고

"귀여워."

"네?"

"아무것도 아닙니다."

왠지 차지혜는 당황하는 기색이었다.

"방금 뭐라고 말씀하신 것 아닌가요?"

"아무 말도 안 했습니다."

그녀는 사무적인 어조로 똑 부러지게 잘라 말했다.

"……뭐, 알았어요."

분명 뭐라고 했는데.

다시 사격 자세를 취했다.

개머리판을 밀착시킨 어깨가 조금 불편했다. 생소한 총이라

어색한 듯했다. 쓰다 보면 익숙하겠지.

250미터 표적지를 향해 겨눴다.

어깨에 앉은 실프가 앞발을 뻗어 총구를 미세하게 조정했다.

—냥.

마치 발사하라는 듯한 소리였다. 오케이. 나는 방아쇠를 당겼다.

타앙—!!

쩌렁쩌렁한 총성! 묵직한 반발력이 어깨를 강타했다.

'깜짝이야.'

체력보정 초급 4레벨이 아니었다면 반발력 때문에 폼이 흔들렸을지도 모른다. 굉장한 반발력이었다. 적중된 표적지는 뒤로 벌렁 쓰러졌다.

"어떠십니까?"

"반발력이 생각보다 세서 놀랐네요."

"7.62밀리 탄을 사용합니다. 당연히 군대에서 쓰셨을 5.56밀리보다 위력이 셉니다. 더 쏴보시겠습니까?"

"예."

"100미터, 150미터, 250미터, 코스별로 표적지가 나타날 겁니다."

그러면서 차지혜는 벽에 있는 붉은색 버튼을 눌렀다.

삐익—

요란한 소리와 함께 사격이 시작되었다.

100미터에 검은 표적지가 벌떡 일어났다.

타앙!

탄에 명중되어 넘어가는 표적지.

이어서 250미터 표적지가 나타났다. 뭐, 문제없다.

탕—

어김없이 표적지가 뒤로 넘어갔다.

5발을 모두 쏘자 차지혜는 5발이 꼽혀 있는 탄 클립을 주었다. 아까 배운 대로 탄을 집어넣고서 다시 장전했다.

타앙! 탕! 타앙!

그렇게 얼마나 쐈을까.

찰칵.

응? 이게 뭔 소리야?

뒤를 돌아보니 차지혜가 스마트폰을 들고 있었다.

내가 의아한 얼굴로 바라보자 그녀는 살짝 당황한 어조로 말했다.

"저, 정령에 대한 자료가 없기 때문에 이번 기회에 많이 수집해 두고 싶습니다만, 더 촬영해도 괜찮습니까?"

"예, 얼마든지요."

그때부터 그녀는 스마트폰 카메라로 실프를 대놓고 찍기 시작했는데, 얼굴 표정이 왠지 일전에 카페에서 달콤한 것을 잔뜩 시켰던 것처럼 생기발랄했다.

……실프가 마음에 들었나 보구나. 그냥 솔직하게 말하면 될걸.

나는 실프에게 귓속말로 말했다.

"좀 더 귀여운 포즈를 취해볼래?"

—냥.

그때부터 실프는 고양이 모델로 돌변했다.

꼬리로 총구를 휘감아 조준하는가 하면, 코알라처럼 총열에 매달려 애교를 부리기도 했다. 찰칵찰칵, 촬영 소리가 점점 잦아진다. 좋아하는 걸 보니 나도 뿌듯하군. 고양이 싫어하는 여자는 없지, 암.

그런데 잔뜩 흥분해서 사진을 찍던 차지혜가 문득 입을 열었다.

"한 가지 여쭤보고 싶습니다."

"뭔데요?"

"굳이 김현호 씨가 총을 쏴야 합니까?"

"……네?"

"김현호 씨가 굳이 총을 잡아야 할 이유가 없어 보입니다."

"어, 그게……."

나는 그만 멍해졌다.

그러게, 왜 내가 총을 쏴야 하지?

어차피 조준도 실프가 알아서 해주는데. 나는 그냥 어디를 쏠지, 언제 방아쇠를 당길지만 판단할 뿐이었다.

"실프, 네가 한번 쏴볼래?"

—냥.

실프는 고개를 끄덕이며 내게서 모신나강을 건네받았다.

차지혜가 후다닥 달려와 5발탄 클립을 건넸다. 근데 왜 두 손으로 공손하게 주는 거야? 실프는 꼬리로 탄 클립을 건네받더니,

철컥, 철컥.

아주 능숙한 동작으로 탄을 넣고 장전한다. 뭐, 뭐야, 베테랑 군인 같아! 역전의 고양이 용사?

"멋져……."

생각이 입 밖으로 튀어나온 줄도 모르고 정신없이 사진을 찍는 차지혜였다.

앙증맞은 두 앞발과 꼬리로 모신나강을 들고 조준하는 실프. 사뭇 진지한 표정인데 그마저도 귀엽다. 장화 신은 고양이의 업그레이드판인가!

"시, 시작하겠습니다."

차지혜는 다시 붉은 버튼을 눌렀다.

150미터의 표적지가 벌떡 일어나자,

타앙!

실프는 거침없이 쏴버렸다.

100미터, 250미터, 250미터, 150미터. 표적지가 일어서는 족족이 쏴 맞추는 실프. 5발을 전부 쏘자 차지혜가 건네준 탄 클립을 다시 신속하게 갈아 끼우고 또 쐈다.

타앙!

250미터 표적지가 벌렁 쓰러진다. 무지막지하게 신속했다. 사격 속도나 재장전 속도나 내가 하는 것보다 훨씬 빨랐다.

"시모 하이하 같습니다."

차지혜는 황홀한 표정으로 중얼거리는 차지혜.

"그게 누구예요?"

"약 100일간 542명을 저격한 핀란드 저격수입니다. 시모 하이하의 총도 모신나강이었습니다."

"아, 그러세요."

저 귀여운 실프를 보고 그런 괴물 저격수를 떠올리다니, 이 여자 감성은 정상인가.

하지만 그럴 만도 한 게, 실프는 최강의 소총수였다. 조금의 딜레이도 없이 척척 표적을 쏴 맞추고, 한 번도 빗나가지 않는다!

—냥?

나를 돌아보며 귀여운 울음소리를 내는 실프. 계속해야 하냐고 묻는 얼굴이었다.

찰칵찰칵, 시끄럽다. 카메라 소리.

"실프 그만하고 이리 와."

—냥!

실프는 총을 나에게 돌려주고 어깨에 사뿐히 내려앉았다. 차지혜의 얼굴에 아쉬운 기색이 잠시 스쳤다.

원래의 딱딱한 무표정으로 돌아온 그녀가 입을 열었다.

"정령술의 소모는 어떻습니까?"

"음, 글쎄요. 확인해 볼게요."

나는 석판을 소환해 실프의 소환 시간이 얼마나 남았는지 확인해 보았다.

“제가 사격하는 것보다는 힘의 소모가 많네요. 총을 들고 있어야 하고, 사격의 반동도 제어해야 하니까 그런가 봐요. 하지만 딱히 큰 차이는 없어요.”

“그럼 역시 김현호 씨는 필요…… 아니, 김현호 씨가 사격을 할 필요가 없는 것 같습니다.”

“방금 저더러 필요 없다고 말할 뻔했죠?”

“아닙니다.”

“그랬잖아요.”

“아닙니다.”

“……그렇다 치죠. 그런데 실프가 총을 잡으면 전 싸울 때 뭘 해야 하죠?”

그 물음에 차지혜는 꿀 먹은 벙어리가 됐다.

“왜 아무 말도 없으세요?”

“흠흠, 김현호 씨는 옆에서 총알을 들고 있다가 건네주는 역할을 맡으시면 되지 않겠습니까?”

“그게 뭡니까!”

나는 발끈하고 말았다.

“무슨 문제라도?”

“제가 실프 따까리입니까?!”

“실프를 소환하신 장본인인데 그럴 리가 없잖습니까.”

“너, 너무 초라하잖습니까!”

실프가 사수고 내가 부사수라니? 실프가 총 쏠 때 옆에서 총알을 들고 있는 역할이라니! 백발백중의 사격수였던 나의 포스가 와르르 무너져 버린다.

"보기에 초라하면 좀 어떻습니까?"

"초라해 보인다는 건 인정하시는군요?"

"아닙니다."

"맞잖아요."

"아닙니다."

낯짝이 굉장히 두꺼운 차지혜였다.

"싸울 때 김현호 씨가 자유롭다는 것은 아주 큰 장점입니다."

"예?"

"시모, 아니, 실프가 사격을 할 때 김현호 씨는 동료들과 함께 접근해 온 적과 싸울 수 있는 겁니다. 김현호 씨는 체력보정 스킬을 초급 4레벨까지 습득하셨잖습니까."

이 여자, 방금 실프를 시모 하이하라고 부르려고 했지?

"저한테 모신나강 말고도 마법소총이 있는데, 그걸 사용하면 되지 않나요?"

"그 점에 대해서도 드릴 말씀이 있는데, 일단은 다른 팀원과 함께 브리핑을 하시겠습니까?"

그러고 보니 강천성, 준호, 혜수 모두 이곳에 있었지.

"그러죠."

*　　*　　*

"현호 오빠!"

"형!"

회의실 안으로 들어가니 혜수와 준호가 날 반갑게 맞이했다.

"잘 지냈어? 훈련은 받을 만하고?"

"아, 진짜 빡세요."

"그래? 혜수는? 응? 혜수야?"

혜수의 표정이 극히 어두워져 있었다.

"괜찮은 거니?"

"몸이……."

"응? 몸이 왜?"

"몸이 혹사돼서 상할 정도로 강도 높은 훈련을 받고 있어요. 상한 몸은 시험의 문을 통과하면 된다고……."

좋은 생각이군.

시험의 문을 통과하면 몸이 깨끗하게 회복된다.

때문에 아주 강도 높은 훈련을 마음 놓고 시킬 수 있다. 무능력한 혜수가 단시일 내에 쓸모 있게 되려면 어쩔 수 없었다.

"힘들겠다. 그래도 네가 살아남으려면 어쩔 수 없잖아."

"알아요. 참고 버틸 거예요."

혜수는 나를 보며 빙긋 웃었다.

"언제까지나 보호받을 수만은 없잖아요. 저도 현호 오빠한테 힘이 되고 싶어요."

그 순간 하마터면 혜수를 끌어안을 뻔했다. 간신히 참았다!

그때 회의실 문이 열리며 차지혜가 들어왔다.

“늦어서 죄송합니다.”

차지혜의 무표정한 얼굴은 오늘따라 붉게 달아올라 있었다.

이유는 간단했다.

—냥.

그녀의 머리 위에 얹어져 있는 실프.

실프를 좋아하는 것 같아서 실프더러 함께 있으라고 지시해 둔 것이다. 예상대로 그녀는 실프 때문에 잔뜩 들뜬 모습이었다.

“좀 늦으셨네요?”

“챙길 게 많았습니다.”

“실프랑 놀다 오신 거예요?”

슬쩍 찔러봤다.

“그, 그럴 리가 있겠습니까.”

화들짝 놀라 더듬거리는 차지혜.

‘놀다 왔구나.’

신 나게 실프랑 셀카 찍었겠지.

“흠흠, 아무튼 지금부터 중요한 브리핑을 할 테니 주목해 주십시오.”

그녀는 가져온 노트북을 켜고 연결된 프로젝터로 화면을 띄웠다.

커다란 지도가 화면에 나타났다.

손으로 제작된 축적과 비례가 부정확한 옛날식 지도로 보였다.

"이것이 아레나입니다."

'저게?'

우리는 놀라서 지도를 뚫어져라 쳐다보았다. 하긴, 아레나에는 인공위성이 없으니 지도가 저렇게 조잡할 수밖에 없겠군. 시험자들의 경험담을 토대로 제작한 지도일 테니까.

"지도의 남서쪽 끝에 있는 숲이 보이십니까?"

큰 땅덩어리의 남서쪽 끝부분이 숲을 이루고 있었다.

"저 숲이 여러분이 계시는 장소입니다."

"그걸 어떻게 알 수 있죠?"

"현재까지 밝혀진 레드 에이프 서식지는 두 군데가 있는데, 그중 여러분이 말씀하신 것처럼 큰 숲은 저곳이 유력합니다."

"1, 2회차는 저기서 했다고 치고, 3회차도 저 숲에서 하게 될까요?"

준호의 질문이었다.

차지혜는 고개를 끄덕였다.

"시험 시작 지점은 언제나 지난 회차의 종료 지점입니다."

"그럼 계속 그 숲에서 시험을 치르겠네요?"

준호의 물음에 이번에는 고개를 젓는 차지혜였다.

"이것을 봐주십시오."

화면이 바뀌었다.

[전 세계 시험자의 공통된 시험의 경향]
1회차: 시험자의 자질 테스트. 인적 없는 야생에서 주로 시작됨.
2회차: 동료와 함께 팀워크 테스트.
3, 4회차: 야생에서 벗어나 아레나 현지인의 사회로 진입.

"전 세계 관련 기관이 공유하는 데이터를 토대로 산출한 경향성입니다. 이것을 보아, 여러분의 3회차 시험은 숲에서 벗어나는 것이 될 가능성이 아주 높습니다."

3회차 시험을 미리 추측할 수 있다니. 마치 수능기출문제를 보는 것 같다. 이것이 국가기관의 지원을 받는 장점이구나.

"다음 페이지를 보시면 더 구체적인 사항을 알 수 있습니다."

화면이 전환되자, 아레나 전체 지도 중 남서부 숲이 확대되었다.

숲이 지역별로 따로 표기가 되어 있었다.

[아레나 남서부 숲지대]

숲 중심부: 레드 에이프 서식지
숲 동부: 라이칸스로프 출몰 지역
숲 서부: 불명
숲 남부: 불명
숲 북부: 트롤 출몰 지역

“여러분은 숲 중심부에 있고, 숲을 벗어나려면 동쪽과 북쪽 둘 중 한 방향을 택해야 합니다.”

“라이칸스로프냐 트롤이냐 선택해야 하네요.”

“그렇습니다. 그리고 동쪽으로 라이칸스로프의 출몰 지역을 통과하시길 권장합니다.”

“어째서죠?”

“김현호 씨는 소총을 잘 활용하시지만, 총기류는 손쉽게 큰 위력을 얻을 수 있는 만큼 한계도 뚜렷합니다. 앞으로 총으로 상대할 수 없는 적을 만날 텐데, 트롤도 그중 하나입니다.”

“……라이칸스로프나 낫겠네요.”

총이 안 통하면 우리 중 누구의 공격도 통하지 않는다. 아직까지 우리 팀의 가장 강력한 공격수단은 총이니까.

화면이 또다시 전환되었다.

[라이칸스로프의 특징]

1. 늑대인간.

2. 집단행동을 한다.

3. 인간에 필적한 지능을 가졌다.

4. 인간으로 변신할 수 있으며, 변신 중에는 인간의 언어를 구사한다.

또 집단행동을 하는 괴물이냐.

낯선 숲에서, 그 속에 익숙한 집단에게 쫓기는 게 얼마나 힘든지는 2회차에서 똑똑히 체험했다.

"라이칸스로프는 레드 에이프보다 훨씬 강하고 늑대와 동일한 후각과 청각을 가진 만큼 2회차 때보다 힘든 상황이 될 겁니다."

'끄응.'

늑대와 동일한 후각과 청각. 레드 에이프보다 훨씬 신속 무비한 추적자라는 뜻이다.

"물론 여러분도 강해졌기 때문에 승산은 있지만, 한 가지 약점이 있습니다."

"혜수 말이죠?"

내가 말했다.

"그렇습니다."

움찔한 혜수는 고개를 푹 숙였다. 난 그런 혜수의 어깨를 토닥여 주었다. 구박하려고 지적한 게 아니라, 현실적으로 우리의 약점과 보안책을 찾기 위함이다.

"이혜수 씨는 150카르마 중 100카르마로 체력보정 초급 1레벨을 습득해 가장 문제 되는 체력 부족을 보강했고, 장검을 다루는 기초 동작 속성 훈련 중입니다."

차지혜의 말이 계속되었다.

"하지만 여전히 다른 팀원보다 약한 것은 사실이고, 시험에 기여하지 못하면 그만큼 얻을 수 있는 카르마도 적어져서 실력 차이가 갈수록 벌어지는 악순환이 되풀이됩니다."

"어쩔 수 없다고 생각됩니다만, 무언가 방책이 있나요?"

내가 물었다.

차지혜는 고개를 끄덕였다.

"김현호 씨가 가지신 전장식 마법소총을 이혜수 씨에게 양도하실 수 있으십니까?"

"마법소총을 혜수에게? 총으로 싸우게 할 셈인가요?"

"아니요. 마법소총을 카르마로 환불받게 하기 위함입니다."

환불?!

"그게 가능해요?"

"스킬은 불가하지만, 아이템은 절반의 카르마로 환불받을 수 있습니다. 전장식 마법소총은 100카르마짜리니, 환불받는다면 50카르마를 얻을 수 있습니다."

차지혜의 설명은 이러했다.

현재 혜수가 가진 카르마는 50.

그리고 내 전장식 마법소총을 건네받은 뒤에 50카르마를 추가로 환불받는다.

그렇게 생긴 100카르마로 일행에게 꼭 필요한 아이템을 구매해서 기여도를 높인다는 전략이었다.

"꼭 필요한 아이템?"

"아이템백이라는 것입니다."

차지혜는 리모컨을 조작했다. 프로젝터 화면이 전환됐다.

[아이템백(소형)]
사이즈: 32×22×8
재질: 마법처리된 가죽
기능: 아이템화하지 않은 물건을 수납하여 시험의 문을 통과할 수 있다.
가격: 100카르마

“여기에 의약품과 김현호 씨가 쓸 탄환을 담아 아레나로 가져갑니다. 이혜수 씨가 의무병 역할을 한다면 충분히 팀에 기여할 수 있습니다.”

바로 이거였구나!

*　　　*　　　*

3회차 시험 준비는 순조롭게 진행되었다.

강천성은 새 신분을 발급받았지만, 여전히 연구소에서 지내며 자율적으로 훈련을 했다.

준호는 창술교관에게서 방패와 함께 단창을 쓰는 법을 훈련받았다.

가장 힘든 훈련을 하는 것은 혜수였다. 검술과 응급처치를 병행해야 했기 때문이다.

검술의 경우 단시일에 써먹기 위해 수직 베기, 가로 베기, 찌르기 세 동작을 죽어라 반복하며 몸에 익게 했다.

한편으로는 의약품의 사용법과 응급처치를 배우느라 진땀을 흘렸다.

"저러다 시험 당일이 되기도 전에 쓰러지겠어요. 컨디션 조절을 위해서 훈련 강도를 조금 낮춰야 하지 않나요?"

"필요 없습니다."

"예?"

차지혜는 너무도 단호해서 내가 다 당혹할 정도였다.

"컨디션 조절은 필요 없습니다. 몸이 상할 정도의 혹독한 강도가 딱 좋습니다. 어차피 시험의 문을 통과하면 몸이 최상의 상태로 회복됩니다."

"아!"

그런 점까지 고려해서 훈련 계획을 세웠구나. 역시 괜히 국가기관이 아니었다.

"근데 전 뭐 하죠?"

"……."

그녀는 갑자기 말이 없어졌다.

"실프에게 탄을 건네주는 연습이나 할까요?"

"……."

"아, 실프가 총 쏠 때 옆에서 탄알 세는 연습을 하면 되겠구나. 아니면 탄피 줍는 연습?"

"조, 좋습니다. 그럼 격투기라도 배워보시겠습니까?"

"격투기요?"

"시일이 얼마 안 남은 관계로 배운다고 실력이 늘지는 않겠지만, 적어도 스파링으로 격투에 익숙해지면 라이칸스로프와 싸울 때 도움이 될 테니까요."

"그거 좋네요."

차지혜는 나를 연구소 지하 4층 훈련장으로 데려갔다.

지하 5층 사격장만큼이나 드넓은 공간에 온갖 헬스기구가 한가득했다. 중앙에는 권투시합용 링이 몇 개나 있었다.

"엄청난 시설이네요."

"대체로 체력이 월등한 시험자의 단련을 위한 훈련장이라 시설이 좋습니다."

"그런데 아무도 없네요."

"……."

"꼭 한번 여쭤보고 싶었는데 한국아레나연구소는 소속 계약을 한 시험자가 몇이나 됩니까?"

"김현호 씨 팀까지 67명입니다."

"67명?!"

생각보다 많아서 깜짝 놀랐다.

"적은 편이긴 합니다만 50위권 안에 드는 세계 랭커는 많습니다."

"세계 랭커? 그게 뭐예요?"

난 의아한 얼굴이 되었다. 세계 랭커라니? 설마 시험자끼리 검투 시합이라도 벌이나? 그럴 리가 있나.

"시험에서 획득한 카르마 총량을 비교하여 순위를 집계한 겁니다. 자기가 어떤 무기를 가지고 있고 어떤 스킬을 습득했는지는 밝히고 싶어 하는 시험자는 없지만, 단순히 카르마로 환산한 합계만 공개하는 것은 상관없으니까요."

"그거 검증이 가능한가요?"

"검증은 불가능합니다. 소속된 기관이 시험자에 대한 구체적인 정보를 밝힐 리 없습니다."

"그럼 속여서 랭킹을 올릴 수도 있잖아요."

"그렇긴 합니다만, 그런 경우는 그리 많지 않습니다. 해당 시험자의 카르마 총량은 소속 기관이 공개하는데, 자기들이 보유한 시험자의 랭킹을 실제보다 높여봤자 몸값만 높아질 뿐입니다."

"아……."

"게다가 랭킹이 높으면 그만큼 다른 기관이 탐을 내서 더 높은 연봉에 데려가려 할 뿐입니다."

"시험자가 자기 몸값을 높이려고 소속 기관까지 속일 수 있겠네요?"

"속이는 건 거의 불가능합니다. 스킬 레벨이 어느 정도이고 어떤 아이템을 가졌는지는 관찰하다 보면 확인이 가능합니다."

허풍을 떨어봤자 연구원들이 면밀히 관찰·분석하면 견적이 나온다 이거군.

그런데 문득 궁금한 게 있다.

그럼 반대의 경우라면?

'실력을 숨길 수도 있잖아?'

예를 들어 내가 시험에서 900카르마를 획득했는데, 700카르마라고 속이고 200카르마를 다른 데 쓴다. 그렇게 남몰래 힘을 더 키운다.

만에 하나의 경우를 대비해서 진짜 힘을 숨기는 것이다.

……내가 너무 무협지를 많이 읽었나?

유치한 발상이긴 한데, 생각해 보니 그리 나쁜 생각도 아니었다.

한국아레나연구소가 국가기관이라 해도 100% 신뢰할 수는 없었다. 정권이 교체되고 책임자가 바뀌면 어떻게 상황이 달라질지 모른다.

완전히 신뢰할 수는 없는데 내 모든 걸 보여주는 것은 위험한 일인지도 모른다.

'한번 생각해 봐야겠다.'

"자, 올라오십시오."

'응?'

그제야 상념에서 깨어나 차지혜를 바라보니, 그녀는 링 위에 올라가 있었다. 양손에 UFC에서 쓰는 오픈핑거 글러브를 낀 채로.

"엥?"

"글러브 끼고 올라오십시오."

"지금 뭐 하는 거예요?"

"스파링입니다."

"아니, 교관은요?"

"접니다."

"……."

"……."

한동안 침묵이 흘렀다.

"저, 괜찮으시겠어요?"

"무슨 뜻이십니까?"

"전 남자이고 체력보정으로 강해졌는데 체급이나 힘이 나……."

"아, 그런 문제였습니까?"

그제야 이해했다는 듯이 고개를 끄덕인 차지혜가 다시 말했다.

"군대 어디 나오셨습니까?"

"……제3탄약창이요."

"후방 보급부대입니까. 저는 수방사 특공대대에 7년간 있었고, 무에타이는 어릴 때부터 했습니다."

"……."

얕봐서 죄송합니다.

나는 오픈핑거 글러브를 끼고 링 위로 올라갔다.

"그럼 시작하겠습니다."

"아, 아니, 이렇게 대뜸? 뭐라도 좀 가르쳐 주고서……."

"가드 올리십시오."

어, 좋은 거 가르쳐 줘서 고맙다. 그거면 초심자도 복싱을 잘할 수 있겠어.

나는 풋워크를 하며 다가오는 차지혜를 보며 가드를 올렸다.

퍼억!

아, 발차기도 있지. 복싱으로 착각했다.

*　　*　　*

뭐랄까, 밀당 같은 느낌이었다.

로우킥이 다리를 후려쳤을 때는 생각보다 아프지 않아서 놀랐다.

날아오는 레프트 잽을 간단히 피했을 땐 상대가 여자라는 것을 깨달았다. 남자보다는 어쩔 수 없이 느리고 약한 여자.

'뭐야, 별것 없잖아.'

안심한 나는 다시 레프트 잽이 느리게 날아오자 가볍게 피하고 반격 삼아 펀치를 뻗었다.

……그러자 이 여자는 기다렸다는 듯이 득달같이 라이트 훅으로 카운터를 때렸다. 비틀거리는 나에게 레프트, 라이트, 하이킥 콤비네이션!

신 나게 두들겨 맞고 나서야 나는 차지혜가 아주 강하다는 것을 깨달았다.

약한 척하면서 방심하게 만들고서는 가차없이 두들겨 패다니!

"라이칸스로프는 저보다 두 배는 빠를 겁니다."

"끄응!"

나는 턱을 만지작거리며 일어섰다.

"한 대 맞았는데 왜 이렇게 아픈 거죠?"

"그렇게 카운터를 맞으면 아무리 튼튼해도 다운입니다."

"그걸 알면서도 가차 없이 패셨군요. 감사합니다."

"계속하겠습니다."

그녀는 계속해서 풋워크로 좌우로 움직이며 나를 공격했다.

확실히 체력보정의 힘일까. 여자인 그녀보다 힘이나 민첩성은 우위에 있었다. 웬만한 공격을 반사 신경으로 적당히 피하거나 막았다.

하지만 갑자기 몰아치는 콤비네이션에는 정신을 차릴 수 없었다. 잽으로 시선 끌며 로우킥을 날린다든가, 펀치를 뻗을 것처럼 페인트를 주고 하이킥이라든가.

"슬슬 익숙해지셨다면 지금부터는 팔꿈치도 쓰겠습니다."

"히익?"

지금도 아파 죽겠는데 팔꿈치?

차지혜는 레프트 잽을 날렸다. 나는 이어서 팔꿈치로 때릴까 봐 양팔로 가드를 올렸다.

그런데 대뜸 그녀는 양손으로 내 목을 잡고 훌쩍 뛰어오르는 것이었다.

빠억!

"끄엑!"

내 입에서 품위와 거리가 먼 소리가 튀어나왔다. 니킥에 명치를 직격당하면 누구나 이런 소리가 나온다.

"파, 팔꿈치라면서……."

"생각보다 너무 둔하십니다. 운동 한 번 안 해본 분처럼."

"해본 운동이라고는 등산밖에 없어요."

"태권도 1단 보유하지 않으십니까."

"그거 군대에서 일주일 정도 시늉만 하니까 주던데요. 무슨 단증을 쿠폰처럼 뿌리던데."

"……."

그녀는 글러브를 벗었다.

"안 되겠습니다. 2회차처럼 나무창을 만들어서 쓰시는 편이 낫겠습니다. 절대 라이칸스로프와 대적하지 마십시오. 나무창으로 견제하고 급할 땐 정령을 이용하셔야 합니다."

"끄응, 알겠어요."

한숨이 나왔다.

기껏 체력보정 초급 4레벨로 육체가 강해졌는데 그야말로 돼지 목에 진주다. 지금의 나에게 가장 잘 어울리는 역할은 총 쏘는 실프 옆에서 총알을 들고 얌전히 있는 것이었다.

* * *

집으로 돌아오니 아무도 없었다. 실프를 시켜서 집 안 청소를 말끔하게 마친 뒤, 심심해서 새로 얻은 무기를 소환했다.

"무장."

그러자 오른손에 들려지는 묵직한 소총 모신나강. 오래된 티가 많이 나지만 빈티지적인 매력이 느껴졌다.

전장식 마법소총은 탄알집 혁대와 함께 혜수에게 양도했고, 이제부터는 이것이 나의 무기였다.

유효사거리는 무려 548미터.

제정 러시아 시절부터 쓰였을 정도로 오래된 골동품이라 조금 불안하긴 했지만, 그래도 낮의 테스트 사격에서 성능은 충분히 확인했다. 실프가.

세계대전 시절에 유명한 저격수들이 이걸 사용했다고 하니 믿어봐야지.

'잘 부탁한다.'

나는 모신나강을 쓰다듬으며 마음속으로 속삭였다.

다음 시험까지 남은 시간은 11일이었다.

3장

시험자들

15일이라는 휴식 시간을 정말 알뜰살뜰하게 사용했다고 생각한다. 쪼개고 쪼개서 아껴 썼다. 그런데도 시간은 이렇게 빠르게 지나간다.

—성명(Name): 김현호

—클래스(Class): 5

—카르마(Karma): 0

—시험(Mission): 다음 시험까지 휴식을 취하라.

—제한 시간(Time limit): 10시간 21분

시험 당일이 되자 한국아레나연구소에서 나를 데리러 왔다.

나는 가족에게 친구와 여행 간다고 말해놓고 집을 나섰다.
차량을 타고 군부대 헬기장에서 헬기를 타고 연구소에 도착했다.
연구소의 헬기장은 요란 법석했다.
도착한 헬기가 한 대가 아니었기 때문이다.
나와 거의 동시에 도착한 헬기에서 세 남녀가 내렸다. 남자 둘과 여자 하나였는데 나이는 20대 후반에서 30대 중반 사이로 보였다.
"아, 귀찮아. 이번 시험은 일주일 안에 끝나는 거면 좋겠는데."
나와 비슷한 나이대로 보이는 금발로 염색한 여자가 투덜거렸다.
"지난번 시험은 2개월이 걸렸지? 하룻밤 사이에 60일 늙은 셈인가……."
왜소하고 순한 인상의 남자가 한숨을 쉬자, 금발 여자가 머리를 싸쥐고 절규한다.
"싫어, 싫다고! 나이 먹기 싫어! 30대 되기 싫어!"
음, 확실하군. 나와 동갑이야.
체격이 건장한 남자가 그걸 보며 키득키득 웃는다.
세 남녀를 보고 나는 깨달았다.
'시험자들이구나!'
우리 팀원을 제외한 다른 시험자를 본 것은 이번이 처음이었다. 연구소에서도 좀처럼 볼 수 없었는데 말이다.

그들 셋도 나를 발견했다.

"응? 누구?"

금발 여자가 호기심을 드러낸다.

"신참 아냐?"

이건 체격 좋은 남자의 말.

"그야 모르지. 중국에서 영입해 온 베테랑 시험자일지도 몰라."

"물어보면 되지."

금발 여자는 거침없이 쪼르르 나에게 다가왔다.

"하이? 넌 누구세요?"

화이트셔츠에 짧은 핫팬츠 아래로 훤히 드러낸 맨다리가 인상적인 여자다. 장난기 넘치면서 예의는 상실한 말투는 고딩 날라리를 연상케 한다.

대뜸 반말인데, 내가 공손하게 나오면 왠지 지고 들어가는 기분이지?

"니먼 따쟈 하오."

난 내가 아는 유일한 중국말로 인사를 건넸다.

흠칫한 금발녀는 남자들을 돌아보며 말했다.

"진짜다! 진짜로 중국에서 데려왔나 봐."

"거긴 시험자 대우가 개판이니까 영입하기가 쉽지. 그래도 공안들 감시가 삼엄한데 일부러 빼내 왔다면 꽤 실력자라는 뜻인가?"

"너무 속단하지 마. 대만 사람일 수도 있으니까."

나를 두고 토론을 벌이는 세 사람.

금발녀는 호기심 가득한 눈으로 나에게 말을 건다.

"으음, 나이스 투 미츄. 아, 유, 음…… 테스터? 매직? 오어 파이팅?"

학력을 쉽게 유추할 수 있는 영어 실력.

"워떠 밍뜨 샤오 와따 팡쯔 쓰."

나는 아무렇게나 중국말처럼 지껄였다. 금발녀는 당황했다.

"여, 영어로 좀 해주지. 영어 몰라요? 잉글리시! 중국 사람 영어 잘한다며?"

자기는 영어를 안다는 듯이 말한다.

"왕 샤오 밍 니떠 링……."

계속 중국인 놀이를 하며 금발녀를 당황시킬 때였다.

"김현호 씨, 거기서 뭐 하십니까?"

뒤에서 다나까 말투의 사무적인 여성의 목소리가 들린다.

차지혜였다.

나는 웃으며 답했다.

"중국인 놀이 하고 있었어요."

금발녀는 내 말에 그만 멍한 표정이 되었다. 두 남자도 덩달아 넋을 잃더니,

"크하하하!"

체격 좋은 남자가 폭소를 터뜨렸다. 순한 인상의 남자도 쿡쿡 웃었다.

"아, 뭐야! 갑자기 중국말 해서 깜짝 놀랐잖아!"

금발녀는 내게 화를 낸다.
"영어로 할 걸 그랬나요?"
"으읏, 분해! 너 뭐야? 시험자야?"
"예."
"몇 회차?"
"……."
2회차라고 솔직하게 말하면 신참이라고 우습게 보겠지?
비밀이라고 얼버무리려 할 때였다.
"2회차 시험자 김현호 씨입니다. 인사들 나누시죠."
차지혜! 이 배려 없는 여자가!
예상대로 금발녀는 눈이 가늘어졌다.
"흐응, 2회차?"
"그러는 댁은?"
"호호, 이 누나는 19회차란다."
19회차?!
나는 흠칫 놀랐다.
19차례의 시험을 모두 통과했다면 대체 얼마나 강한 걸까?
"호호, 놀랬니? 이 누나한테 많이 배우고 싶지?"
"배울 점이 많을 겁니다. 이분들은 19차례의 시험 중 14차례를 클리어 한 베테랑입니다."
차지혜의 설명에 이번에는 내 눈빛이 가늘어졌다.
"그러니까 5번은 실패했군요?"
"그, 그런데? 모든 시험을 전부 실패 없이 클리어한 시험자가 있을 것 같아?"

모든 시험에서 성공할 수는 없다?

그 말은 나를 놀라게 했다.

생각해 보니 그랬다. 우리 팀의 혜수도 첫 시험은 실패했다. 하지만 안 죽고 이렇게 살아 있다. 페널티로 주어지는 마이너스 카르마만 감당할 수 있으면 된다.

"실패 시의 페널티는 어떤가요? 감당할 만한가요?"

금발녀는 어깨를 으쓱했다.

"시험에 성공하면 카르마를 주듯이 실패하면 카르마를 뺏어가. 우리가 얼마나 노력했고 의지를 가졌느냐를 정확하게 평가돼서 말이야."

"시험 실패가 꼭 죽음을 의미하는 건 아니네요."

"그래, 두려운 건 죽음이지. 너희는 이제 3회차를 앞둔 거지?"

"예."

"컨디션 떨어지게 괜한 말은 하고 싶지 않지만, 조심하도록 해. 우린 2회차, 3회차에서 동료를 한 명씩 잃었어. 2, 3회차 징크스지."

징크스?

그 말에 가슴이 오싹해진다.

우리도 2회차에서 한 명이 죽었다. 내가 죽이긴 했지만 아무튼 죽은 건 죽은 거다.

이게 징크스라고?

그럼 다음 시험에서도…….

"징크스랄 것도 없습니다."

차지혜가 대화에 끼어들었다.

"아직 미숙한 2, 3회차에 사상자가 나오는 건 상식적으로 당연합니다. 하지만 김현호 씨 팀의 경우 여느 팀의 2, 3회차 때와 비교해도 질적으로 매우 우수하므로 문제없습니다."

"헤에, 그래? 지혜 언니가 그렇게 말할 정도면 제법 가능성이 있나 봐?"

언니?

"30대였어요?"

"그렇습니다만?"

내 물음에 차지혜의 표정이 싸늘해졌다. 헉, 화난 얼굴은 처음 본다.

"도, 동안이시네요. 지혜 씨 쪽이 한참 동생인 줄 알았는데."

그 말에 차지혜의 얼굴이 풀렸지만, 이번에는 금발녀가 발끈했다.

"죽고 싶냐!"

"사실을 말하긴 했지."

"아레나에서 시험을 보낸 시간을 감안하면 이제 비슷비슷한 거 아냐?"

두 남자의 말에 금발녀는 이글이글 폭발 직전이었다.

차지혜가 냉큼 끼어들었다.

"서로 통성명을 하시지 않겠습니까. 나중에 아레나에서 만나 함께 시험을 치를 수도 있습니다."

"흥, 난 유지수야. 29살이고."

금발녀는 유지수.

"차진혁. 33세다."

체격 좋은 남자는 차진혁.

"이지용. 나도 33세."

작고 순한 인상의 남자는 이지용.

금발녀 유지수가 덧붙였다.

"참고로 내가 팀의 리더야. 얘들은 내 첩들이라 할 수 있지. 깔깔깔."

"닥쳐라."

"오해 살 만한 말은 하지 마."

두 남자가 즉각 반발한다.

이 여자 정말 예의범절이 막장이군. 연상한테 얘들이라니. 차진혁은 한 성격 할 것 같은데 용인하는 걸 보면 이미 포기한 지 오래인 듯했다.

"김현호라고 하고 29세입니다."

"응? 나랑 동갑이네."

"아레나에서 보낸 시간까지 합하면 제가 동생이죠."

"닥쳐."

금방 정색하는 유지수였다.

*　　*　　*

연구소 지하 1층에 시험자 대기실이라는 장소가 있었다.

넓은 홀이 있고, 복도에 작은 침실이 고시원처럼 다닥다닥 붙어 있고, 반대편에는 캐비닛이 모여 있었다.

"오빠."

"형!"

혜수와 준호가 반갑게 나를 맞이했다. 두 사람은 기운이 없어 보였다.

"너희들 괜찮아? 안색이 안 좋아 보이는데."

"강도 높은 훈련으로 몸에 무리가 생긴 탓입니다. 시험의 문을 통과하면 완쾌되니 염려 마십시오."

차지혜가 대신 대답해 주었다.

"팔다리가 잘 안 움직여요. 차라리 얼른 시험 보러 가고 싶어요."

준호가 울상이 되었다. 혜수도 동의하는지 애처로운 얼굴로 고개를 끄덕끄덕한다.

한편, 나와 함께 들어온 유지수 일행은 도착하자마자 각자의 캐비닛으로 갔다. 캐비닛에서 여러 가지 옷가지를 꺼내 들고는 침실로 들어간다.

묵묵히 할 행동을 하는 모습이 상당히 익숙해 보였다. 하긴 그들은 19회차의 베테랑이니까.

잠시 후 그들은 옷을 다 갈아입고 나왔는데, 그 모습이 대단히 독특했다.

"왜? 반했어?"

유지수가 나에게 장난스럽게 물었다.

"아뇨. 꼴이 그게 뭐예요?"

"별수 없어. 아레나에서 지구의 옷을 입고 다니면 눈에 띄잖아. 아레나에서 흔히들 입는 복장을 갖춰야지. 안에는 배틀 슈트를 입고."

세 사람은 마치 르네상스 시기의 근세유럽풍 옷차림을 하고 있었다. 가죽부츠, 장갑, 후드 달린 망토까지 유럽의 민속촌에서 뛰쳐나온 듯한 모습이었다.

"그렇게 신기하게 쳐다볼 것 없어. 너희도 이렇게 입어야 하거든?"

그제야 나는 캐비닛에 시선을 돌렸다. 캐비닛 중에 우리의 이름이 쓰인 것도 있었다.

"우리도 미리 갈아입을까? 배틀 슈트나 옷에 익숙해져야 하니까."

"네, 그래요."

결국 우리 팀도 옷을 갈아입었다. 각자의 이름이 적힌 캐비닛에는 배틀 슈트나 아레나 복식의 옷가지, 신발 등이 각자에게 딱 맞는 사이즈로 준비되어 있었다.

침실에 들어가 옷을 갈아입었는데 속옷 위에 바로 입은 배틀 슈트는 슈퍼맨의 옷을 생각나게 했다. 놀라울 정도로 신축성이 좋아서 전혀 불편하지 않았고 보온성도 좋아 노숙을 해도 춥지 않을 듯했다.

'대단한 옷이네. 도검류에도 잘 뚫리지 않는다고 했지?'

몸에 딱 맞는 배틀 슈트를 보던 나는 내 우아한 몸매가 다시 감탄하는 시간도 잠시 가졌다.

그 위로 천 재질의 셔츠와 끈으로 허리를 조이는 바지를 입고 부츠를 신었다. 후드가 달린 망토도 걸치니 영락없이 코스프레를 한 꼴이었다.

'좀 쪽팔린데.'

다 입고 밖으로 나오니 팀원들도 다 갈아입은 상태였다. 준호와 혜수도 스스로의 복장에 부끄러워하는 눈치였다. 쿨한 강천성만이 아무렇지 않아 했다.

"왜 망토까지 챙겨준 걸까요? 치렁치렁하고 좀 불편한데."

준호의 의문에 유지수 팀의 이지용이 친절하게 설명해 주었다.

"노숙을 할 때 이불 대신 쓸 수도 있고, 싸울 땐 갑옷 같은 효과도 있어. 아레나 세계에서는 여행자의 필수품이니 어서 익숙해지는 게 좋을 거야."

"아…… 친절한 설명 감사합니다."

"별소리를. 아, 내가 더 연상 같아서 말을 편히 했는데 괜찮지?"

"물론이죠. 전 이준호라고 하고 아직 스무 살입니다."

"어린 나이에 고생이 많네. 난 이지용이라고 해. 이쪽은 유지수와 차진혁."

그렇게 우리는 유지수 팀과 서로 통성명을 했다.

아직 시험까지 9시간 넘게 여유가 있었기 때문에 우리는 서로 대화를 나누며 시간을 보냈다.

그런데 문득 차진혁이 말했다.

"그쪽, 강천성이라고 했던가?"

"그렇다."

"제법 범상치 않은 오러가 느껴지는데, 댁도 정말 2회차야?"

"느껴진다?"

"아, 모르지 아직? 오러 컨트롤 초급 6레벨이 되면 타인의 오러를 감지할 수 있게 돼. 레벨이 올라갈수록 감지 능력이 발달하지."

"그런가."

"근데 2회차라면 오러 컨트롤을 익혔어도 이제 겨우 초급 1레벨일 텐데, 댁 오러 양은 좀 이상한데?"

"초급 5레벨이다."

그 말에는 나도 놀랐다.

얼마 전까지는 4레벨이었던 강천성이었다. 그새 레벨이 또 올랐단 말인가?

"5레벨?"

차진혁의 얼굴에 경악이 어렸다.

"구라 아냐?"

유지수다운 직설.

"상식적으로 2회차 시험자가 메인스킬을 초급 5레벨까지 올릴 만큼의 카르마를 얻었다는 것은 성립이 안 되는데……."

성격 좋은 이지용도 믿기 힘들다는 반응이었다.

그러나 강천성은 코웃음만 칠 뿐 오해를 받든 말든 어떤 해명을 할 생각은 없어 보였다. 결국 내가 나서서 설명해야 했다.

"그 정도로 뛰어난 무술가셨다?"

차진혁의 눈빛이 도발적으로 변했다.

"한번 실력이 보고 싶어지는데. 어때, 무술가 양반? 시험 전에 가볍게 워밍업, 콜?"

"얼마든지."

강천성은 기꺼이 응했다. 19회차의 베테랑 시험자를 상대로도 전혀 겁먹는 눈치가 아니었다.

"괜찮을까요?"

혜수가 걱정이 들어서 내게 물었다. 나는 고개를 끄덕였다.

"죽지만 않으면 문제없잖아. 시험의 문을 통과할 때 전부 완치되니까. 배틀 슈트나 이런 옷들도 처음 입어보니까 말 그대로 한번 워밍업을 해봐도 괜찮겠지."

두 사람은 자리에서 일어나 대기실의 빈 공간으로 나왔다.

자세를 취하는 강천성에 맞서 차진혁도 두 주먹을 쥐고 복싱 포즈를 취한다. 저 사람도 무기를 안 쓰는 건가?

"하나 궁금한 게 있는데 말이야."

"뭐냐?"

"중국 무술이라면 그 기를 모은다며 덩실덩실 춤추는 그런 거 맞지? 그게 실전에서 도움이 돼?"

차진혁의 도발일까. 강천성의 눈매가 꿈틀했다.

"보여주지."

강천성은 발만 움직여 천천히 거리를 좁혔다. 발꿈치와 발가락 끝을 축으로 삼아 앞으로 조금씩 전진하며 공격 거리를 잡는 방식이었다.

펀치 거리에 이르자 차진혁이 가볍게 잽을 뻗었다. 그런데,

파앗!

"……!"

그 잽의 카운터 타이밍으로 강천성이 득달같이 달려들었다.

순식간에 거리를 좁힌 강천성이 펀치를 폭풍처럼 쏟아냈다.

파파파파팍!

차진혁의 가드 위로 펀치의 폭풍이 불어 닥쳤다.

엄청난 속도였다. 펀치세례에 가드를 굳건히 하고 막기만 하던 차진혁은 이윽고 니킥으로 반격했다. 그 순간,

파앗!

강천성은 두 발을 땅에 붙인 채, 몸만 빙글 360도 회전하며 오금을 후려쳤다. 저건 팔괘장의 동작인가? 아무튼 절묘했다.

퍼억!

"큭!"

니킥을 한 순간 축을 이루는 다리를 당하자 차진혁은 균형을 잃고 휘청거린다. 강천성은 다시 한 번 다리를 걷어차 쓰러

뜨렸다.

"아, 젠장! 세잖아, 중국 무술!"

벌떡 일어난 차진혁이 투덜거렸다.

"계속할 테냐?"

"뭔 소릴 씨부렁거려? 이제 시작이거든?"

차진혁이 덤벼들었다.

하지만 한 번 제대로 공격조차 해보지 못하고 또다시 수세에 몰렸다.

가볍게 잽을 하며 공격을 시도하려고 했는데, 그 잽의 카운터로 또다시 강천성이 놀라운 타이밍으로 치고 들어왔기 때문이다.

퍼억!

"큭!"

펀치에 맞고 차진혁의 턱이 옆으로 돌아갔다.

연이어 강천성은 두 팔을 풍차처럼 크게 휘둘렀다. 왼팔은 가슴을 밀고, 오른팔은 다리를 잡아채며 그대로 차진혁을 거꾸러뜨렸다.

쿠당!

"윽!"

또다시 발랑 뒤로 넘어져 버린 차진혁.

강천성은 더는 공격하지 않고 뒤로 물러서며 말했다.

"그만하지. 의미가 없군."

"뭐야?"

발끈한 차진혁.

"꺄하하! 존나 개발렸어!"

"닥쳐!"

유지수의 천박한 웃음소리에 차진혁이 화를 냈다.

강천성이 말했다.

"여기까지다."

"뭐야, 더 싸워도 이긴다 이거야?"

차진혁의 물음에 강천성은 여전히 차분한 목소리로 답했다.

"몇 번이고 내가 이긴다. 네놈이 검을 꺼내지 않는 한."

차진혁은 물론 유지수와 이지용의 얼굴도 놀라움으로 물들었다.

'그렇구나. 어쩐지 19회차 베테랑치고는 너무 약하다 싶었어.'

아무리 강천성이 강하다지만, 19회차 베테랑이면 그만큼 많은 카르마로 스킬을 습득했을 터였다. 그런 것치고는 지금의 차진혁은 너무 약했다.

자신의 무기를 쓰지 않았기 때문이었다.

"헐, 점쟁이다."

유지수가 감탄했다.

"들켰나?"

차진혁은 머리를 긁적였다.

"풋내기 주제에 내 머리 위에 있다고 착각하지 마라."

"하하, 풋내기는 너무한걸. 별수 없잖아. 난 댁처럼 평생 무술 한 사람이 아냐."

"자동차 정비공이었대요~"

"시끄러."

유지수의 깨알 같은 고자질에 또다시 발끈하는 차진혁이었다.

"내가 검을 쓴다는 건 어떻게 알았어?"

"거리감. 잽이 닿는 거리보다 더 먼 거리를 유지하더군. 그리고……."

강천성이 이어서 말했다.

"기(氣)란 맹자가 정신적인 의미로 논한 개념으로, 무술에서는 자신의 심신을 통틀어 바라보는 하나의 관점이지 어떤 초자연적인 에너지가 아니다."

"……."

"덩실덩실 춤춘다는 말은 태극권이라도 보고 한 소리 같은데, 그것도 마찬가지다. 호흡과 함께 이루어지는 몸의 순환과 운동을 체득하는 수련이다. 그것을 게을리하면 네놈처럼 팔다리가 따로 놀고 공격과 방어가 따로 놀고 몸과 오러가 따로 놀게 되지."

"아, 주옥같은 가르침이다. 들었니? 적어놓고 배워라."

유지수가 깐죽거린다.

"시끄러, 이년아. 어이, 뭐라고 했어? 호흡과 함께 이루어지는 몸의 순환과 운동을 체득한다고?"

차진혁은 강천성에게 물었다.

"그렇다."

"그럼 단전호흡 같은 것도 같은 맥락인가?"

"그렇다고 봐야지."

"댁도 그걸로 오러 컨트롤의 레벨을 빨리 올린 거란 말이지?"

"평생 해왔다. 거기에 오러를 기의 개념에 적용시켜 복습했다고 봐야지."

"기라는 게 뭐랬더라? 다시 설명해 봐."

차진혁은 관심이 생겼는지 강천성에게 이것저것 묻기 시작했고, 강천성은 그때마다 퉁명스럽지만 분명하게 대답해 주었다. 대결에서 강의로 상황이 바뀌어 버렸다.

한참 후에야 차진혁의 얼굴에 만족스런 기색이 떠올랐다.

"흐음, 좋아. 참고하도록 하지."

"마음대로."

"좋은 걸 배웠으니 보답을 해야지. 소환, 아이템백."

그러자 차진혁의 손에 작은 크로스백이 나타났다.

크로스백에서 차진혁은 붉은색 액체가 담긴 물병 하나를 꺼냈다.

"자, 이거 받아."

강천성은 붉은색 액체가 담긴 물병을 건네받았다.

"힐링포션이다. 상처 치료에 직방이야. 귀한 거니까 위급할 때만 쓰라고. 질병이나 체력 저하에는 효과가 없으니까 상처에만 쓰고."

강천성은 힐링포션을 유심히 보더니, 혜수에게 내밀었다.

"챙겨둬라."

"네……."

혜수도 아이템백을 소환해서 그 안에 힐링포션을 집어넣었다. 그런데 혜수의 아이템백에는 이미 내 모신나강에 들어갈 총알과 응급용품으로 가득 차 있어서 잘 들어가지가 않았다.

"에이그, 줘봐."

보다 못한 유지수가 나서서 도와줬다. 그녀는 아이템백이 터져라 힐링포션을 쑤셔 넣었다. 찢어지면 어쩌나 싶어서 조마조마했는데, 놀랍게도 들어가는 게 아닌가.

"아이템백 되게 튼튼해. 막 쑤셔도 안 터지니까 걱정 마."

"가, 감사합니다."

유지수 팀은 선배로서 우리에게 여러 가지 팁을 주었다.

그렇게 시간을 보내다가 시험 시작까지 3시간이 채 안 남았을 때, 차지혜가 나타났다.

"준비는 되셨습니까?"

"예."

"그럼 각자 방에 들어가시면 됩니다. 만에 하나라도 시험이 시작되기 전에 옷을 벗어두거나 하는 일이 없으셔야 합니다. 어떤 분은 신발을 벗어둔 채 시험에 임한 경우가 있었습니다."

"주의할게요."

우리는 각자 방으로 향했다. 유지수 팀도 침실로 들어가며 우리에게 인사를 했다.

"내일 또 뵙죠. 우리한텐 내일이 아니지만요."

"살아서 또 보자."

침실에 들어온 나는 침대에 가만히 누웠다.

이제 세 번째 시험이었다. 이번에는 연구소의 도움을 받아 아주 체계적으로 준비를 마친 상태였다.

하지만 시간이 임박할수록 초조해지는 것은 어쩔 수가 없다. '2, 3회차 징크스'라는 단어가 머릿속에 맴돌며 나를 불길하게 했다.

'이번에는 아무도 죽어서는 안 되는데.'

박고찬을 죽인 것은 후회하지 않는다. 죽여야만 했다.

하지만 이번에는 좋은 동료들뿐이다. 준호도, 혜수도, 강천성도, 아무도 죽는 일이 없었으면 좋겠다.

마침내 시간이 임박했다.

석판을 소환해 놓고 시간을 확인하던 나는 남은 시간 1초를 앞두고 의식을 잃었다.

* * *

정신을 차리자마자 나는 팀원부터 확인했다. 준호, 혜수, 강천성 모두 곁에 있었다.

이제 막 정신을 차린 우리에게 번데기를 덜렁거리는 지긋지긋한 아기 천사 자식이 파닥파닥 날아왔다.

"어서 오세요. 제 얼굴 보니 반갑죠?"

"……."

"이야, 복장을 보니까 이번에는 만반의 태세를 다 갖추신 것 같네요."

"우리만 몰랐던 세계를 알게 되어서 말이지."

세계 각국마다 시험자를 고용하고 지원하는 기관이 있고, 카르마 획득 총량으로 시험자들의 랭킹까지 정하고 있는 줄을 누가 알았겠는가?

심지어 시험자들이 아레나에서 가져온 마정을 에너지원으로 쓸 수 있다고 모으고 있지 않은가.

'무언가 이상한데…….'

"뭐가 이상하세요?"

"헉, 깜짝이야!"

대뜸 천사 자식이 얼굴을 바짝 들이밀며 묻는 바람에 나는 깜짝 놀라 뒷걸음질을 쳤다.

"얌마! 놀랐잖아!"

"시험자 김현호가 또 뭔가를 의심하고 있는 것 같기에요."

"이상한 게 당연하잖아!"

내가 말했다.

"지구와 아레나는 서로 다른 세상이잖아. 물리적으로는 절대로 닿을 수 없는 완전히 별개의 세계지, 내 말 맞아?"

"맞는데요."

"그런데 지구의 전 세계가 아레나에 대해 잘 알고 깊이 관여하고 있잖아. 심지어는 아레나에서 가져온 마정이 고효율 에너지원으로 쓰인다며 모으고 있고, 이래도 되는 거야?"

"안 될 건 또 뭐예요."

이 번데기 자식은 새끼손가락으로 귀를 후비적거리며 성의 없이 답했다.

"세상의 질서나 뭐 그런 게 어그러지는 문제가 없는 거야?"

"없어요, 없어."

아기 천사는 손을 휘휘 내저었다.

하지만 생각할수록 이상한 일이다.

시험자는 죽은 사람 중에서 선별했다.

아레나에서 일주일을 보내도 지구에서는 자고 일어난 시간밖에 지나지 않는다.

이런 점은 나름대로 지구가 혼란에 휩싸이지 않도록 배려한 셈이었다.

그런데 정작 시험자들에게 비밀엄수를 하도록 제약을 걸지는 않았다. 전 세계가 아레나와 시험에 대해 알고 비밀기관까지 만들어서 연구하고 있다. 일반인에게까지 널리 공개되지는 않았지만 말이다.

'의도적으로 그렇게 유도한 건가? 혹시 그것 또한 시험의 목적 중 하나가 아닐까?'

거기까지 생각이 미쳤을 때였다.

"자자, 거기까지."

아기 천사가 내 머리를 툭툭 쳤다.

"뭐야?"

"시험자 김현호는 역시 생각이 깊네요."

"내 추측이 옳은 거야?"

"응? 옳다고 말한 적은 없는데요? 그냥 생각이 깊다고요. 칭찬 아니에요."

뭐냐, 그 애매한 대답은.

아기 천사는 손가락을 딱 하고 튕겼다. 시험의 문이 나타났다.

"자자, 빨리들 시작하세요. 아니면 저랑 더 오래 있고 싶은가요?"

우리는 두말없이 시험의 문으로 한 사람씩 들어섰다. 나는 마지막으로 시험의 문을 통과했다.

밝은 빛에 휩싸일 때에 문득 뒤에서 아기 천사의 말이 어렴풋이 들려왔다.

"틀렸다고 한 적도 없지만 말이지요. 히히히."

뭐야, 저 자식이! 맞다 틀리다 확실하게 말해줄 수는 없는 거냐!

이윽고 강렬한 빛에 나는 의식을 잃었다. 그렇게 세 번째 시험이 시작되었다.

4장

라이칸스로프

이젠 지긋지긋한 숲.

우리가 도착한 곳은 2회차 때 시험이 끝날 때까지 머물렀던 협곡이었다.

모닥불을 피운 흔적과 그 주변에 널린 생선과 토끼의 뼛조각까지, 우리가 머물렀던 발자취가 그대로 남아 있었다.

"일단 시험부터 확인하자."

"네, 형."

"그래요."

준호와 혜수가 재깍 대답하고 강천성도 고개를 끄덕인다.

아, 이 협조성. 박고찬이 없어지니까 정말 시작 분위기가 좋다.

"석판 소환."

—성명(Name) : 김현호

—클래스(Class) : 5

—카르마(Karma) : 0

—시험(Mission) : 숲에서 벗어나라.

—제한 시간(Time limit) : 20일

"20일?"

혜수는 깜짝 놀랐다.

"이렇게 오랫동안 숲을 헤매고 다녀야 하나……."

준호도 기겁을 한 눈치였다.

아무리 두 번째 시험을 통해 익숙해졌고 만반의 준비를 해왔다지만, 그래도 야생에서 생활한다는 것은 굉장히 고된 일이었다.

불편한 잠자리, 쌀쌀한 날씨, 해충들 등등. 그런 고단함과 싸우며 20일을 보내야 한다니 다들 질색하는 것은 당연했다. 나도 이제 이놈의 숲이 지겨우니까.

난 일단 리더로서 팀원들을 진정시키기로 했다.

"너무 걱정할 것 없어. 20일은 그냥 제한 시간을 넉넉하게 준 거겠지. 숲에서 벗어나기만 하면 20일씩이나 걸리지도 않을 거야."

"하긴 그건 그래요."

준호가 고개를 끄덕이며 동의한다.

"아무튼 연구소에서 예상한 대로 숲에서 벗어나는 시험이 나왔으니까 우리도 예정대로 동쪽으로 움직이자."

그러면서 나는 실프를 소환했다.

—냐앙.

바람으로 이루어진 늘씬한 고양이 형상의 실프가 모습을 드러냈다. 꼬리로 내 목을 휘감고 애교를 부리며 반가워한다.

"주변 정찰 좀 해줘."

—냥.

고개를 끄덕인 실프는 휭하니 날아갔다.

"자, 가자."

나는 앞장서서 걷기 시작했다.

"오빠, 동쪽으로 가야 하지 않나요?"

혜수가 물었다.

난 고개를 끄덕였다.

"응, 이쪽이 동쪽이야."

"정말요? 방향을 어떻게 아시는 거예요?"

'아, 내가 습득한 보조스킬에 대해 못 들었나 보네.'

나는 100카르마로 습득한 보조스킬 '길잡이'에 대하여 간단하게 설명해 주었다.

"우와, 그럼 앞으로 길 잃을 염려는 없겠어요."

"뭐, 그렇긴 한데 아직은 잘 몰라. 대략적인 방향밖에 모르고, 이 스킬에 대해서는 좀 더 연구를 해봐야 하거든."

물론 보조스킬 길잡이의 효용은 클럽에 놀러간 취업준비생 현지를 잡아오면서 충분히 입증되었다.

그 뒤로 나는 차지혜로부터 길잡이 스킬에 대한 여러 가지 사실을 알게 되었다.

—길잡이(보조스킬): 목적지의 방향과 위치를 알 수 있는 육감을 얻습니다.

*초급 1레벨: 어렴풋이 방향을 알 수 있습니다. (—1ㅁㅁ)

길잡이 초급 1레벨의 한계는 이러하다.

첫째, 방향만 알 수 있을 뿐 거리는 모른다. 걸어갈 수 있는 거리인지 까마득히 먼 거리인지는 알 수 없는 것이다.

둘째, 사람이나 물건을 찾는 경우, 내가 실제로 본 적이 있는 대상이어야 한다.

여동생인 현지는 내가 만나본 사람이니 당연히 어느 방향에 있는지 느낄 수 있었다. 이 자리에 함께 있는 팀원들이 숲에서 뿔뿔이 흩어져도 찾을 수 있다.

하지만 예를 들어 '천안에 사는 다른 시험자' 를 찾는다고 가정해 보자. 그것은 불가능하다. 만나본 적이 없는 사람이기 때문이다.

설령 천안의 길거리에서 마주친 적이 있다 해도, '천안에 사는 다른 시험자' 가 누구인지 내가 제대로 인지하지 못하는 이상 찾을 수 없다.

TV나 인터넷에서나 본 연예인도 마찬가지다. 실제로 만나

본 적이 없으니 길잡이 스킬은 발동되지 않는다.

"스킬 레벨을 올리면 더 확실하게 알 수 있게 되겠네요?"

혜수가 물었다.

"그렇긴 한데 차지혜 씨가 길잡이는 그냥 초급 1레벨로 충분하대. 그럴 카르마로 다른 스킬을 습득하는 편이 낫대."

걸음을 옮기면서 가끔씩 실프를 소환해 주변 정찰을 해두었으므로 우리는 별반 긴장감을 느끼지 않았다.

지난번 시험에서 충분히 경험했기 때문에 이 숲은 더 이상 낯선 장소가 아니었다. 요 인근에서 출몰하는 레드 에이프 또한 실컷 싸워본 상대라 두렵지 않았다.

그렇기 때문에 우리는 이동 중에도 서로 잡담을 나누었다.

주로 내 길잡이 스킬에 대한 이야기였으므로 아주 쓸모없는 대화는 아니었다.

"그럼 이런 건 어때요?"

준호가 뜬금없이 땅에서 작은 돌멩이를 주워 들었다.

"잘 보세요."

준호는 두 주먹을 내게 내밀어보였다.

"그 돌멩이가 어느 손에 있는지 맞춰보세요."

나는 유심히 준호의 두 주먹을 바라보았지만 딱히 느낌이 오지는 않았다.

"모르겠는데."

"에이, 이건 안 되나 보네요."

준호는 오른손에 쥐고 있던 돌멩이를 보여주었다.

실프를 시켜서 정찰을 해보니 이 일대에는 레드 에이프만 간간히 돌아다니고 있었다.

'충돌은 최대한 피하는 게 좋겠지.'

이미 한 번 우리에게 우두머리까지 잃을 정도로 크게 대였던 놈들이다. 우리가 다시 나타났음을 알면 아주 민감하게 반응할 것이다. 최대한 마주치지 말고 빨리 놈들의 영역에서 벗어나는 편이 이롭다.

하루는 별 탈 없이 흘러갔다.

수시로 실프를 소환해 주변을 살펴서 충돌을 피했다.

오늘 만난 가장 위험한 적이라고 해봐야, 나무에서 뚝 떨어진 뱀밖에 없었다. 뱀은 출현하자마자 마침 소환되어 있던 실프에게 대가리가 잘려 버렸다.

준호와 혜수는 무척 꺼림칙해했지만, 강천성의 의견에 따라 잘 손질해서 구워 먹었다. 역시 중국인이라서 그런가? 가리는 음식이 없다.

저녁 식사를 마치고 모닥불에 모여서 이런저런 이야기를 나눴는데, 문득 준호가 복통을 호소했다.

"아, 왜 이렇게 배가 아프지?"

"뭐 잘못 먹었어?"

"입에 댄 거라곤 뱀 고기밖에 없어요, 형."

윗배를 문지르며 인상을 찡그리는 준호. 아무래도 뱀 고기가 몸에 안 맞아 탈이 난 모양이었다.

"잠깐만요."

혜수가 아이템백에서 작은 알약을 꺼냈다.

"소화제야."

"고마워요, 누나."

준호는 혜수가 준 소화제를 먹었다.

혜수가 챙겨온 응급용품 중에 소화제도 있었던 모양이다. 하긴, 야생에서 생활하면 먹는 문제로 탈이 날 수도 있으니까.

"미안하군."

보기 드문 강천성의 사과. 자기 때문에 뱀 고기를 먹었다고 생각하는 모양이었다.

"아니에요, 맛은 있더라고요."

"준호는 오늘 불침번 서지 말고 일찍 쉬어."

"네, 형."

준호는 먼저 잠들었고, 우리는 불침번을 정한 후에 잠을 청했다.

다행히 소화제가 들었는지 잠을 자고 있는 준호의 얼굴빛은 괜찮아 보였다.

그렇게 아무 일 없이 첫날이 지나갔다.

*　　*　　*

"저 때문에 죄송해요."

다음 날 아침, 준호가 모두에게 사과를 해왔다. 배탈 때문에 불침번을 빠져서 미안한 모양이었다.

"괜찮아. 이제 아픈 건 없고?"

"예."

"다행이다. 아침 식사를 하고 바로 출발하자."

아침 식사는 나와 혜수가 함께 준비했다. 나는 실프를 시켜 가장 만만한 토끼를 사냥했고, 혜수는 산딸기와 귤처럼 생긴 과일과 나물을 늘어놓았다.

"누나, 그 과일이랑 식물 먹어도 되는 거예요?"

"응, 확실하게 배웠으니까 걱정 마."

혜수는 검술 훈련과 응급처치는 물론이고 식용 과일 · 식물을 구분하는 법도 배웠다고 했다.

약한 만큼 누구보다도 열심히 훈련에 임했는데 그 성과가 벌써부터 나오고 있었다.

'그러고 보면 어제도 하루 종일 걸었는데 크게 지친 기색이 없었지.'

지난번 2회차와 비교하면 장족의 발전을 한 혜수였다. 앞으로도 계속 짐이 되는 건 아닌지 걱정했었는데 다행이다.

식사를 마치고 다시 출발했다.

가장 체력이 약한 혜수도 체력보정 초급 1레벨로 건강한 성인 남성 수준이 되었기 때문에 행군에 무리가 없었다.

실프의 정찰로 레드 에이프와 충돌을 피하며 반나절 내내 걸었다.

다시 광활한 숲에 어둠이 드리우기 시작한 시점이었다.

—냥!

실프가 문득 정찰하다가 돌아와 날카롭게 소리쳤다.

"적이야?"

―냐앙!

고개를 끄덕이는 실프.

"이쪽으로 오는 중이니?"

이번에는 고개를 젓는다.

그런데 실프의 태도가 평소 같지 않았다. 먹이를 찾아 영역을 배회하던 레드 에이프를 발견했을 때와는 사뭇 달랐다.

나는 혹시나 하는 마음에 물었다.

"레드 에이프가 아니라 다른 놈들이니?"

실프는 고개를 끄덕였다.

*　　　*　　　*

"뭔가가 빠르게 지나간 것 같은데."

한 명이 말했다.

다른 이들도 맞장구쳤다.

"나도 느꼈어. 흐릿한 어떤 형체였어."

"너희도? 기분 탓인 줄 알았는데."

땅거미가 내려앉기 시작한 숲.

네 명의 인영(人影)이 어슬렁어슬렁 걸음을 옮기고 있었다.

"소리도 냄새도 없었는데 희한하군."

"그러게. 그럴 수가 있나?"

"우리 영역에서 처음 보는 생물이야."

그런데 그때였다.

"멍청이들."

그들 중 가장 덩치가 커다란 인영이 입을 열었다.

"냄새도 소리도 없는 생물이 있을까 보냐."

다른 셋은 말을 멈추고 주목했다.

말이 이어진다.

"아마도 그건 정령이다."

"정령?"

"그게 정말이야, 형?"

놀란 동생들에게 형이라는 자가 말했다.

"옛날에 할아버님께서 살아 계실 적에 들은 적이 있다. 이 세상에는 정령이라는 놈이 있는데 살아 있지 않은데 살아 있는 것이라고 하시더군."

"할아버님께서는 정령을 보셨대?"

"먼 옛날, 할아버님께서 우리 씨족에서 한 번 추방당하셨을 때 서쪽으로 녹색산맥을 넘으려 하셨다고 했다."

"녹색산맥?"

"윽, 거기는……."

동생들의 낯빛이 사색이 되었다.

"전부 죽고 할아버님만 살아남아 이곳에 돌아오셨지. 그때 정령을 보셨다더군."

"당연히 다 죽었겠지. 할아버님께서 목숨을 건지신 것만도 행운이야."

"거긴 엘프들의 영역이니까!"

세 동생의 얼굴에 긴장감이 일었다. 그들은 형을 보며 물었다.

"그럼 혹시 아까 그 정령도 엘프의 것일까?"

"엘프가 우리 영역을 침범한 것이면 큰일이잖아!"

"아버님께 고해바쳐야 해!"

"호들갑 떨지 마라!"

형이 버럭 고함을 질렀다. 세 명의 동생은 꿀 먹은 벙어리가 되었다.

형이 으르렁거리며 말했다.

"아직 무엇 하나 확인된 것 없는데 고해바쳐서 뭘 어쩔 거냐? 아버님께 겁쟁이들로 여겨지고 싶으냐?"

"아, 아니."

"그건 아니지."

"우린 겁쟁이가 아니야."

'아버님' 이 언급되자 호들갑을 떨던 동생들의 태도가 다시 진중해졌다. 그들에게 아버지는 아주 특별한 존재임이 틀림없었다.

"직접 확인해 보자. 엘프만이 정령을 다루는 건 아니라고 들었다. 엘프의 친구가 되어 정령술을 배운 인간도 아주 드물게 있다고 할아버님께서 말씀하셨다."

형이 말을 이었다.

"엘프면 건드리지 말고 아버님께 말씀드린다. 그리고 인간이면…… 그동안 우리의 영역에 발을 들인 인간들과 똑같이 만들어줘야지."

"알았어."

"형 말이 옳아."

동생들은 형에게 찬동했다.

밤하늘의 달빛이 빽빽한 활엽수 사이로 내려와 네 명의 인영을 비추었다.

달빛에 드러난 그들의 모습은, 은빛 털로 덮인 직립보행의 맹수였다.

"가자!"

형이 앞장서서 달리자 동생들도 곧바로 뒤따랐다.

"크르릉!"

"크르르르!"

달리기 시작하자 그들은 야성을 드러내기 시작했다.

탄력 넘치는 두 다리로 대지를 박차고 양손으로 몸을 지탱하며, 네 발 짐승처럼 달렸다.

광채가 흐르는 눈에서 살기가 일렁였다. 피를 원하는 굶주린 맹수들의 눈빛이었다.

네 명의 라이칸스로프 형제는 그렇게 적을 찾아 나섰다.

은빛 털을 가진 네 명의 라이칸스로프가 숲을 질주했다.

씨족 내에 수십 명의 형제자매가 바글거린다. 하지만 그중에서도 이들 네 형제는 같은 어머니를 둔 각별한 사이였다.

장남 헬기는 타고난 강함과 침착성으로 씨족의 차기 우두머리로 두각을 드러내는 존재였다. 하지만 헬기는 결코 과신하지 않고 항상 자세를 낮추었고, 이는 아버지의 신임을 얻기에 충분했다.

'형이 어떻게 죽었는지 똑똑히 봤으니까.'

본래 같은 어머니에게서 태어난 형제는 모두 다섯이었다. 헬기보다 세 살이 많은 형이 하나 있었다.

아주 힘이 강력한 형이었다.

아버지의 피를 가장 많이 물려받았다는 평을 들을 정도였다.

조만간 우두머리가 교체될 것이라는 이야기가 씨족 내에 돌았다. 오랫동안 지켜온 아버지의 권좌가 마침내 깨질 것이라고들 했다.

하지만 뚜껑을 열어보니 웬걸.

자신감이 넘쳤던 형은 어머니의 만류에도 아버지에게 도전했다. 아버지의 지위와 아내들을 전부 차지하겠다는 욕망에 휩싸여 있었다. 그리고 일격에 목뼈가 부러져 즉사했다.

"안다."

으스러진 형의 목을 한 손에 거머쥔 채로 아버지가 모두에게 말했다.

"너희도 나와 똑같이 가슴속에 불타는 욕망을 품고 있음을."

형제들은 경외 어린 얼굴로 아버지를 바라보았다. 어머니들과 자매들도 선망 어린 눈길을 아버지에게 보내고 있었다.

"하지만 아직은 때가 아니다. 내게 도전하지 마라. 조금만 더 기다리면 내가 신세계를 보여주마. 그때는 얼마든지 도전을 받아주마."

누구보다도 거대한 덩치.

누구보다도 달빛을 잘 받는 아름다운 은빛 털.

가장 강력한 도전자를 일격에 부숴 버린 아버지는 그렇게 계속 씨족에 군림했다.

그때 헬기는 깨달았다.

'아버지에게는 무언가 원대한 계획이 있다.'

씨족 내의 작은 권력다툼보다 훨씬 크고 원대한 야망 말이다.

헬기는 아버지의 계획에 동참하기로 했다. 헬기도 죽은 형과 마찬가지로 아버지의 권력과 여자가 탐났지만, 힘으로 도전해서는 능사가 아니다 싶었다.

헬기의 판단은 옳았다.

그 뒤로도 아버지에게 도전한 형제들은 모두 목숨을 잃었다. 아버지는 생채기 하나 없이 도전자들을 물리쳤다.

그렇게 도전으로 욕망을 드러낸 형제들이 처참히 죽어나갈 때, 헬기는 아버지의 신임을 얻어 씨족 내에서 서열이 올랐다. 포상으로 배다른 누이 둘을 아내로 얻기까지 했다.

그제야 다른 형제들도 헬기의 처세를 따라 아버지에게 충성을 하기 시작했지만, 헬기는 이미 씨족 내의 2인자로서 입지를 공고히 했다.

같은 어머니를 둔 세 명의 동생도 맏형 헬기를 잘 따랐다. 헬기를 쫓아다니며 공을 세워 아버지에게 상을 받을 기회를

호시탐탐 엿보는 중이었다.
얼마나 달렸을까.
적의 체취가 그들의 후각에 걸려들었다.
“이쪽이다!”
“이 냄새는 인간이야!”
상대가 인간임을 알게 되자 라이칸스로프들은 자신만만해졌다.
형제들에게 엘프는 미지의 경계 대상이지만, 인간은 먹이에 불과했다. 그들은 인간의 피와 살코기 맛을 아주 잘 알고 있었다.
“얕보지 마. 인간 중에는 강한 놈들도 있다고 했다.”
헬기가 충고했지만 동생들은 듣지 않고 더욱 세차게 달렸다.
서로 먼저 공을 세우겠다고 눈에 불을 켜고 덤비는 꼴이었다.
그런데 그때였다.
타앙—
하고 이상한 소리가 멀리서 울려 퍼지더니,
퍼억!
하고 앞장서서 달려나가던 동생의 머리통이 터져 버렸다.
헬기 일행은 깜짝 놀라 우뚝 멈췄다.
“뭐, 뭐야?!”
“방금 뭘 어떻게 한 거야?”

갑자기 형제를 잃은 동생들은 영문을 모르고 우왕좌왕했다.

'뭔가가 날아오는 듯한 느낌이 들었는데.'

헬기는 침착하게 생각했다.

뭔가 작은 것이 날아드는가 싶더니 동생의 머리통이 터졌다.

무슨 영문인지는 모르겠지만 인간이 가진 신종 무기 같은 것이 틀림없었다.

탕— 파직!

또 한 동생의 머리통이 터지자 헬기는 확신할 수 있었다.

"숨어!"

헬기는 급히 나무 뒤에 숨으며 소리쳤다. 한 명밖에 남지 않은 동생 역시 수풀 뒤에 몸을 숨겼다.

몸을 숨기자 비로소 미지의 공격은 멈췄다.

'큰 소리가 날 때마다 한 명씩 죽었다.'

헬기의 머릿속이 복잡해졌다.

'첫 번째 공격과 두 번째 공격 사이에 시간차가 있었지. 빠르게 연속으로 공격하지는 못하는 모양이군.'

빠른 연속 공격이 가능했다면 형제가 모두 죽었을 터였다.

'그렇다면…….'

헬기는 수풀 뒤에 숨어 두려움에 떨고 있는 동생을 바라보았다. 헬기의 눈빛이 날카로워졌다.

"내 말 잘 들어."

헬기가 입을 열자 동생이 그를 바라보았다.

"하나, 둘, 셋 하면 동시에 뛰어나가자."

"싸우자고?"

"멍청한 놈. 저런 무기를 가진 놈들과 어떻게 싸워? 달아나는 거다."

"아, 알았어."

"센다. 하나, 둘……."

셋과 함께 동생이 수풀에서 뛰쳐나왔다. 하지만 헬기는 꼼짝하지 않고 여전히 나무 뒤에 숨어 있었다.

타앙— 퍼억!

동생은 머리통이 터져 허망하게 목숨을 잃었다.

'지금이다!'

비로소 헬기는 나무 뒤에서 나왔다. 죽어 쓰러진 동생에게 뛰어들어 시체를 등에 들쳐 업었다.

탕!

또다시 날카로운 소음이 들렸지만, 세차게 날아온 무언가가 업고 있던 동생의 시체에 박혀들었다.

죽은 동생을 방패 삼고서 헬기는 계속 달렸다. 그야말로 꽁지가 빠지도록 필사적인 도주였다.

*　　*　　*

우리는 멍하니 실프가 모신나강으로 멋지게 사격하는 모습을 지켜보았다.

안 그래도 귀여운 실프가 자기 덩치보다 큰 소총을 들고 사격을 하니, 혜수가 황홀한 표정을 짓고 있었다. 차지혜도 그랬고, 총을 든 실프는 참 여자를 잘 홀린다.

네 차례의 사격.

그 뒤로 실프는 고개를 저으며 모신나강을 나에게 건네주었다.

"어떻게 됐어?"

실프는 꼬리로 숫자 3을 만들었다.

"한마디는 놓쳤어?"

—냥…….

풀 죽은 듯 고개를 끄덕이는 실프였다. 나는 실프를 안아 들고 어깨에 얹으며 달랬다.

"괜찮아, 그래도 잘했으니까."

우리는 라이칸스로프들이 죽어 있는 현장으로 걸어갔다.

연구소에서 삽화로만 보았던 라이칸스로프를 실제로 보니 조금은 충격적이었다.

인간보다 머리 하나는 더 큰 덩치에 은색의 털로 뒤덮여 있는 단단한 몸뚱이, 길고 날카로운 손발톱.

판타지 영화에서나 볼 수 있을 법한 괴물이 떡하니 눈앞에 있는데 기분이 어떨 것 같은가? 도저히 이게 현실인지 환상인지 헷갈릴 지경이었다.

하지만 코를 찌르는 피비린내가 이것이 현실임을 일깨워 주고 있었다.

"윽!"

총에 맞아 터져 있는 머리를 보고 혜수가 얼굴을 찡그렸다. 하지만 전보다 비위가 단련됐는지 오바이트를 하지는 않았다.

"으으, 진짜로 늑대인간이네요."

준호는 조심스럽게 라이칸스로프 시체를 툭툭 발로 건드리며 말했다.

"하나는 어디 갔지?"

강천성이 의문을 제기했다.

그제야 우리는 시체가 두 구밖에 없다는 것을 알아차렸다. 처음 보는 라이칸스로프의 생김새에 놀라 미처 생각지 못했다.

—냐앙.

실프는 앞발로 앞을 가리켰다. 아마도 살아남은 한 놈이 달아난 방향을 의미하는 듯했다.

'아!'

그제야 나는 상황이 어찌 된 건지 알아차렸다.

"남은 하나가 시체를 방패 삼고서 달아난 모양이에요."

"똑똑하군."

강천성이 말했다. 나도 그 말에 동의했다.

라이칸스로프들 입장에서는 총이라는 무기를 난생처음 접해보았을 터였다. 그런데도 시체로 방패를 삼을 생각을 했다니, 똑똑하지 않고서는 내릴 수 없는 판단이었다.

"오빠, 이제 어떡하죠?"

"음……."

난 가만히 생각에 잠겼다.

한 놈이 달아났으니 무리를 데리고 돌아와 복수할 가능성이 매우 높았다. 라이칸스로프는 호전성이 강하다고 했으니까.

하지만 살아남은 녀석은 소총의 위력도 충분히 보았을 터. 함부로 덤비지는 못할 것이다. 늑대와 습성이 비슷한 점을 감안해 본다면…….

고민 끝에 나는 결정을 내렸다.

"계속 가자. 어차피 놈들의 영역을 통과해야 하니까."

"네."

"예, 형."

"총에 당해보았으니 아마 섣불리 덤벼들지는 못할 거야. 하지만 더 어두워지면 야습을 해올 가능성이 크니까 지금은 서둘러서 안전한 장소를 찾아보자."

우리의 발걸음이 보다 빨라졌다.

실프를 시켜서 주변을 정찰하며 동굴처럼 안전하게 지낼 수 있는 장소를 물색했다.

하지만 장소는 여의치 않았고, 우리는 한참을 돌아다닌 끝에 늪지대를 발견했다. 본래는 작은 호수였다가 늪으로 변모한 듯했다.

"이제 날도 어두워졌으니까 오늘은 여기서 지내자."

"괜찮을까요?"

혜수가 불안한 표정으로 물었다.

나는 늪을 가리키며 말했다.

"놈들도 늪을 건너지는 못할 테니 여길 등지고 다른 방면만 경계하면 돼."

"우리도 달아날 수가 없게 되잖아요."

준호가 이의를 제기하자 내가 답했다.

"우리가 달아나 봐야 쉽게 따라잡힐 거라는 생각이 들지 않냐?"

"아……."

"달아날 생각은 처음부터 버려야 돼. 무조건 싸워 이길 생각만 해."

"예, 형."

모닥불을 피우고 불침번을 정했는데, 나는 불안해서 쉽사리 잠들 수가 없었다. 실프가 아니면 놈들이 가까이 접근할 때까지 알아차릴 도리가 없었기 때문이었다.

결국 나는 자다가도 불안해서 깨어나기를 반복해야 했다.

도중에 깨어났을 때마다 실프를 소환해 정찰을 시키고는 도로 잠들다가, 얼마 안 가서 또 깨어나서 같은 일을 반복했다.

그러다가 문득 떠오른 생각.

'아, 마정!'

이곳 아레나는 살아 있는 모든 생명체가 체내에 마정을 품고 있다고 했다. 라이칸스로프도 마찬가지일 터.

그런데 그걸 깜빡한 것이다.

'그걸 깜빡하다니. 돈 받고 팔 수 있는 건데 아깝네.'

하지만 이제 와서 다시 시체가 있는 곳까지 돌아가 마정을 채취할 엄두는 나지 않았다.

'다음에는 깜빡하지 말고 챙겨두자.'

*　　*　　*

달빛이 잘 드는 언덕 위에 백여 마리의 라이칸스로프가 집결해 있었다.

둥글게 원을 그리고 모여 있는 무리의 가운데에는 한 명의 라이칸스로프가 무릎을 꿇고 있었다.

바로 헬기였다.

헬기의 옆에는 머리가 터져 죽은 동생의 시체도 함께 있었다.

남자고 여자고 할 것 없이 모두 모여 있는 가운데, 헬기는 고개를 숙인 채 침묵을 지켰다.

"무슨 일이래?"

"마리아네 형제들이 죽었대. 헬기 빼고 전부 죽었다더군."

"정말? 누구한테?"

"인간이라던데."

"인간에게? 설마?"

"큭큭, 그게 사실이라면 헬기 녀석도 체면이 말이 아니겠는데."

"먹잇감에 불과한 인간에게 형제가 모조리 당했단 말이야?

헬기 자식, 이제 보니 강한 척만 하지 별것 아닌 거 아냐?"

여기저기서 지탄과 비웃음의 말들이 들려왔다. 라이칸스로프의 예민한 청각을 가진 헬기의 귀에 그 말들이 안 들릴 리 없었다.

하지만 헬기는 발끈 화를 내지 않고 잠자코 앉아 있을 뿐이었다.

그런데 그때,

"쉿, 조용."

"오셨어."

한 라이칸스로프의 등장에 무리가 일제히 조용해졌다.

누구보다도 장대한 체격을 자랑하는 직립보행의 짐승.

빛나는 은빛 털에 덮인 몸의 여기저기에 흉터들이 훈장처럼 새겨져 있었다.

그는 바로 헬기의 아버지이자 씨족의 우두머리였다.

아버지는 성큼성큼 걸어가 언덕 끝의 바위 위에 앉았다. 다들 그를 존경하고 두려워하였다. 그야말로 왕좌에 앉은 군주의 풍모였다.

아버지가 입을 열었다.

"무슨 일이냐?"

헬기는 눈을 질끈 감고는 이를 악물며 답했다.

"제 형제들이 인간에게 당했습니다."

"인간에게 당했다?"

아버지의 얼굴에 의문이 서렸다.

무리 내에서 킬킬거리는 남자들의 웃음이 작게 들려왔다.

헬기는 아랑곳하지 않고 말했다.

"몇 명인지는 모르겠습니다. 얼굴도 보지 못하고 셋이 일순간에 당해 버렸습니다. 죄송합니다, 아버님."

여기저기 간헐적으로 들리던 웃음이 뚝 멎었다.

이곳에서 헬기를 좋아하는 남자는 없었다. 씨족 내에서 남자란 모두가 서열과 여자를 놓고 경쟁하는 관계였기 때문이다.

하지만 그렇다고 헬기의 강함까지 부정하지는 않았다.

그런 헬기가 싸워보지도 못하고 형제를 모두 잃은 채 돌아왔다면, 그건 무능을 비웃고 넘길 문제가 아니었다.

셋이나 죽었는데 상대의 얼굴도 보지 못했다니? 무언가 심각한 일이 벌어지고 있는 것이다.

"얼굴도 보지 못했다? 그 말만으론 부족하군."

아버지의 말에 헬기는 옆에 놓인 동생의 시신을 가리켰다.

"그래서 동생의 시신을 챙겨왔습니다."

동생의 시신을 뒤집어 등을 보여주었다.

"작은 무언가가 바람보다 빠르게 날아와 틀어박혔습니다. 인간은 먼 거리에서 상대를 타격하는 이상한 무기를 사용하고 있었습니다."

"시체를 살펴봐라."

"예."

헬기는 동생의 시신을 살폈다. 등에 난 상처 안에 손을 집어

넣어 헤집었다. 이윽고 무언가가 헬기의 손에 잡혔다.
그것을 꺼내 아버지에게 보여주었다. 찌그러진 작은 금속덩어리였다.
"이런 작은 게 바람보다 빠르게 날아왔다고?"
"그렇습니다, 아버님."
"위험한 무기를 갖고 있군."
"확실치는 않지만 정령사도 있을 것으로 추측됩니다."
싸늘한 침묵이 찾아왔다.
헬기 형제를 순식간에 사살한 미지의 무기. 그리고 정령술까지.
이번에 그들의 숲에 발을 들인 인간은 범상치가 않았다.
"일단은 영역에 들어온 인간이 누구이고 몇 명인지는 알아야 할 게 아니냐."
"아버님, 제가 알아오겠습니다!"
불쑥, 무리 속에서 한 라이칸스로프가 기세 좋게 나섰다.
'제이슨?'
헬기의 얼굴이 일그러졌다.
제이슨은 배다른 형제들 중에서 헬기와 가장 경쟁 관계에 있는 자였다.
헬기가 낭패를 보고 돌아온 이번 일에 제이슨이 잽싸게 자청하고 나선 것이다. 명백히 헬기를 견제하는 처세술이었다.
"그렇게 해라."
아버지는 누가 이번 일을 맡든 별로 상관하는 눈치가 아니었다.

"감사합니다! 맡겨주십시오!"

제이슨은 싱글벙글하며 즉시 떠났다. 제이슨과 같은 어머니를 둔 형제들이 우르르 따라 나섰다.

'좋지 않다.'

헬기의 안색이 어두워졌다.

아버지가 수장으로 군림하는 씨족 내에서 라이칸스로프들은 보통 모계를 중심으로 뭉쳐 파벌을 형성하곤 한다.

지금까지는 아버지의 첫째 아내 마리아의 계통인 헬기 형제들이 득세를 하고 있었는데, 이번 일로 헬기를 제외하고 전부 죽고 말았다.

그에 반해 셋째 아내 헤라의 계통인 제이슨 형제들은 무려 일곱 명이었다.

이번 일까지 성공한다면 이를 계기로 제이슨이 씨족 내의 2인자 자리를 차지하려 들지도 몰랐다.

물론 파벌보다 더 중요한 건 자신의 강함이지만, 제이슨은 헬기와 비교해도 힘이 약하지 않았다. 실제로 붙는다면 헬기도 죽음을 각오해야 하는 라이벌이었던 것.

'하지만 아직 모른다. 제이슨은 성질이 급하니까 일을 그르칠지도 몰라.'

정찰 정도야 충분히 성공할 수 있을 것이다. 인간들이 잠든 틈에 가시거리까지 접근하기만 하면 되니까.

하지만 정찰에 성공한 뒤에, 제이슨이 욕심을 부려서 인간들을 공격한다면?

그러다 인간의 반격에 부딪쳐 막대한 피해를 입는 그림이 자연스럽게 그려진다.

씨족 전체의 입장에서는 동족을 잃는 안 좋은 일이지만, 헬기의 입장에서는 라이벌이 추락하는 최상의 결과였다.

'제이슨 녀석이 죽기를 바라야겠군.'

헬기는 제이슨이 만용(蠻勇)을 부리기를 기대했다.

* * *

"큭큭큭, 헬기 녀석 얼굴 일그러지는 거 봤어?"

"똥 씹은 표정이던데."

제이슨 형제는 키득거렸다.

"인간에게 당하고 돌아오다니 부끄러운 줄을 알아야지. 훙, 그동안 실컷 거들먹거리더니 헬기 녀석의 한계가 드러난 거야."

제이슨은 헬기의 험담을 실컷 했고 형제들이 찬동했다.

아버지의 씨족 통치가 벌써 26년째 이어지고 있었다. 아버지의 지배하에서 유서 깊은 실버 씨족은 많은 변화를 맞이했다.

가장 두드러진 변화는 씨족의 팽창이었다.

씨족 사상 아버지처럼 강력한 라이칸스로프는 없었다. 누구도 아버지에게 도전하지 못했다.

뿐만 아니라, 아버지는 씨족 내의 불필요한 서열 다툼도 금지시켜 버렸다.

도전도 서열 싸움도 일어나지 않으니 남자의 사망률이 급격히 줄어들었고, 그 탓에 씨족의 구성원이 증가했다.

게다가 아버지는 사냥을 하지 않고도 식량을 풍부하게 조달할 수 있는 방법을 찾아냈다. 그것은 일대 혁신이었다. 힘들게 영역을 누비며 사냥감을 찾지 않아도 손쉽게 식량을 얻을 수 있게 되었다.

먹을 것이 풍부해지자 씨족은 마음껏 번성하였다. 20여 명에 불과했던 씨족이 지금은 백여 명을 훌쩍 넘으니 말 다한 셈이었다.

처음에는 아버지의 이상한 통치 방침에 씨족 내에 불만이 컸지만, 이제는 모두가 아버지를 칭송했다. 실버 씨족의 번성을 가져다주었다고 말이다.

하지만 불만 세력 역시 존재했다.

바로 제이슨 형제가 대표적이었다.

'라이칸스로프는 무조건 힘이야! 힘으로 서열이 정해져야 해. 아버지에게 알랑방귀를 잘 뀐다고 서열이 높아지는 꼴이라니, 이건 크게 잘못됐어!'

제이슨은 헬기에게 유감이 많았다.

자신의 힘이 헬기에게 뒤떨어진다고 생각해 본 적 없었다.

하지만 헬기는 잔머리가 잘 돌아가서 아버지가 시킨 일을 말끔하게 처리했고, 머리가 둔한 제이슨은 그러지 못했다. 때문에 씨족 내의 입지는 헬기를 따를 수가 없었다.

얼마 전까지는 그랬다.

'지금이 기회야.'

아버지의 통치 방식을 잘못됐다.

씨족의 숫자는 많아졌지만 남자들은 용맹을 잃고 나약해졌다.

예전처럼 사냥으로 먹고 살지를 않으니 감이 떨어져서 인간 따위에게 당한 것이다.

제이슨은 그렇게 생각했다.

'다시 예전으로 돌아가야 해. 내가 그렇게 만든다.'

물론 아버지에게 도전할 생각은 없었다. 너무 강하니까.

하지만 가장 강력한 라이벌인 헬기만 눌러버리면 된다.

제아무리 괴물 같은 아버지도 세월이 흐르면 노쇠할 테니 말이다! 헬기만 찍어 누르면 다음 수장은 자신이었다.

"감히 우리 영역을 침범한 인간들을 모조리 처치하자."

"뭐?"

"처치하자고?"

제이슨의 폭탄선언에 형제들은 깜짝 놀랐다.

"제이슨, 우리가 명령받은 것은 정찰이야. 아버님께서는 싸우라고 하지 않으셨어."

"맞아."

"그리고 이상한 무기를 가진 심상치 않은 인간들이야. 선불리 덤볐다가 거꾸로 우리가 당하면 어떡해?"

"그 헬기 형제들도 당했다고."

"헬기 형제가 뭐?"

갑자기 제이슨이 으르렁거리자 형제들은 움찔 놀랐다. 제이슨이 불같이 노하였다.

"헬기 형제가 못했으니 우리도 못할 거다 그거냐?!"

"아, 아니, 내 말은……."

"이 겁쟁이 놈이!"

"케엑……! 켁……!"

제이슨은 한 동생의 모가지를 틀어쥐었다.

"잘 들어! 헬기 형제를 무참히 사살한 인간 놈들을 우리가 전부 사냥할 거다. 그렇게 대성공을 거두고 돌아가면 헬기 따위를 믿고 계셨던 아버님도 생각이 조금은 바뀌시겠지. 우리 씨족이 번영을 얻은 대신 너무 나약해졌다는 것을 깨달으실 거야!"

"케엑……! 아, 알았으니……!"

제이슨은 동생을 내동댕이쳤다. 그리고는 성큼성큼 앞장섰다.

"가자. 일단은 인간이 어디에 있는지 냄새를 추적해 봐야지."

* * *

'이대로는 안 되겠다.'

불안해서 잠을 거의 못 잔 나는 특단의 조치를 취하기로 했다.

"낮과 밤을 바꾸자."

팀원들에게 내가 제안했다.

다들 어리둥절하기에 내가 이어서 설명을 했다.

"라이칸스로프는 야행성이니 어두운 밤에 습격해 올 가능성이 높아. 특히 밤에는 우리가 잠든 시각이고 시야도 어두우니까."

"잠을 낮에 자자는 것이군."

강천성의 말에 나는 고개를 끄덕였다.

"네, 가장 밝은 시간에 잠을 자면 불침번을 설 때도 밤보다는 경계에 유리해지죠. 어두운 밤에는 실프를 수시로 소환하며 이동하고요."

"좋은 생각이에요."

"저도 찬성이요."

혜수와 준호가 찬성했다.

강천성 역시 고개를 끄덕이며 내 생각에 동의했다.

우리는 아침 식사를 간단히 하고 이동을 하다가 해가 중천에 떴을 즈음에 잠을 자기로 했다.

나무 그늘 아래에서 망토를 덮고 잠들었는데, 다들 불안해서 잠을 제대로 못 잔 터라 한낮임에도 쉽사리 잠들었다.

모닥불을 피울 필요가 없어서 일석이조였다. 모닥불의 불빛으로 라이칸스로프의 이목을 끌 일도 없는 것이다.

대신 해가 저물자 어려운 행군이 시작되었다. 시야가 잘 보이지 않는 불편함을 감수하며 이동해야 했다.

나는 고민 끝에 강천성을 앞세웠다. 체력보정 중급 1레벨에 오러 컨트롤도 초급 5레벨이나 되는 강천성은 우리 중에 신체 감각이 월등해서 밤에도 예민한 오감으로 능히 잘 다녔기 때문이다.

그다음은 준호와 혜수가 뒤따랐고 나는 맨 뒤에 자리 잡았다.

강천성은 바위나 돌출된 나무뿌리 등을 발견할 때마다 우리에게 경고해 주면서 곧잘 역할을 수행했다.

나는 수시로 실프를 소환해 주변 1.2킬로미터 이내를 정찰했다.

'이대로 넘어갈 리가 없지. 분명히 복수하러 올 거야.'

소총 때문에 겁먹어서 못 덤빌 정도로 쉬운 상대일 리가 없다. 시험이 그렇게 쉬울 리가 있겠는가?

'어젯밤에는 놈들의 습격이 없었어. 우리를 경계하고 있다는 증거야. 신중하게 다루겠다는 생각이겠지.'

정확히는 내가 가진 총의 위력을 경계하는 것이겠지. 그런 무기를 한 번도 본 적이 없었을 테니 상당히 놀랐을 것이다.

그렇다면 당장은 대규모의 습격은 없다.

'일단은 정탐을 하겠지.'

늑대는 상당히 지능적인 동물이고, 하물며 라이칸스로프는 인간에 필적한 지능을 지녔다고 했다.

일단은 몇 명만 정탐을 보내 우리를 살펴보려 할 것이다.
우리가 모두 몇 명이며, 우리가 가진 이상한 원거리 무기는 정체가 무엇인지 파악하려 할 것이다.
원거리 무기, 즉 모신나강의 사정거리도 알고 싶어 할 테고. 공격은 그 점을 충분히 파악한 다음일 것이다.
그렇다면 우리는 그런 정보를 쉽사리 주어서는 안 된다.
놈들의 정탐을 방해하고 교란시켜야 한다.
'좋아.'
나는 한 가지 꾀를 떠올렸다.
"실프."
—냐앙?
"우리의 체취를 지울 수 있는 독한 냄새를 가진 풀이나 열매가 이 근처에 있니?"
—냥!
실프는 고개를 끄덕였다.
"가져와 줘."
실프는 휙 하니 날아갔다.
5분쯤 지났을까?
실프는 쑥처럼 생긴 풀 한 무거기를 뽑아왔다. 코에 가까이 가져가 냄새를 맡아보니 독한 풀 냄새가 올라왔다.
'이거면 되겠다.'
나는 구상한 계획을 실행에 옮겼다.
"실프, 20분 동안 우리의 체취를 지워줄래? 우리가 지나간 자리에 체취가 남아 있지 않게 하면 돼."

—냥.

실프를 알았다고 고개를 끄덕였다.

그리고 팀원들에게 실프가 뽑아온 풀을 나눠주었다.

"20분 뒤에 이걸 빻아서 옷에 바르도록 해."

"어쩌시게요?"

혜수가 물음에 내가 답했다.

"놈들은 냄새를 통해 우리를 추적하고 있을 거야. 우리가 몇 명인지 어느 정도 거리에 있는지를 우리가 남긴 체취를 통해 파악하겠지."

"냄새를 없애서 따돌리려고요?"

준호가 물었다.

"따돌리는 건 불가능해. 다만 우리 냄새가 사라지면 놈들이 혼란을 느낄 거야."

나는 씨익 웃으며 말을 이었다.

"후각으로는 파악하기 힘드니까 직접 눈으로 확인하기 위해 가까이 접근하겠지. 그때 전부 잡아버리자."

5장

은둔 마을

제이슨 형제는 늪지대에서 인간들이 야영을 하고 간 흔적을 발견했다.

오랫동안 머물고 간 자리였기에 체취가 강하게 남아 있었다.

"네 명이야."

"한 명은 여자 같은데."

"아직 체취가 강하게 남아 있는 걸 보니까 어젯밤에 이곳에 머물었던 거야."

형제들은 이리저리 코를 들이대며 사냥감의 체취를 머릿속에 각인시켰다. 체취를 알아냈으니 이제 사냥은 반쯤 성공한 것이나 다름없었다.

제이슨은 주위를 살피다가 발자국이 나 있는 방향을 보았다.

"서쪽으로 이동하고 있다."

"그럼 우리 씨족의 영역을 완전히 가로지르는 건데?"

"뭐 하는 놈들이지?"

"대체 어디서 온 놈들인 거야?"

형제들은 고개를 갸웃거렸다.

실버 씨족은 영역을 철저하게 감시하고 있었다. 쥐 한 마리도 그들 모르게 영역을 드나들지 못한다.

하물며 후각도 청각도 뒤떨어지는 하등한 인간들은 숲에서 실버 씨족의 감시를 따돌릴 재간이 없다.

그런데 숲 중심부에서 정체불명의 인간들이 불쑥 나타난 것이다.

이 인간들은 대체 어디서 왔단 말인가?

"우리 영역을 통해 들어온 건 절대 아니다. 그럼 설마 트롤들의 영역을 가로질러 숲에 들어온 건가?"

숲 북부에 서식하는 트롤들을 떠올린 제이슨은 설마 싶었다.

트롤들은 강하고 흉포하다. 레드 에이프들을 밀어내고 숲 서부를 장악한 실버 씨족 역시 트롤들과는 충돌을 피하는 편이었다.

"정말로 트롤들의 영역을 통과한 인간들이라면 보통이 아닌데."

"이거 조심해야 할 것 같아."

"그래, 헬기 형제들도 괜히 당한 건 아닐 거 아냐."

형제들이 또 헬기 형제를 언급하자 제이슨은 짜증이 치밀었다.

"가자."

"……?"

"그래 봤자 인간이야. 밤이 되면 인간 따위는 장님이나 다름없어."

"하긴."

"그건 그래."

제이슨 형제는 인간 일행의 흔적을 좇기 시작했다.

발자국을 보고 좇았지만, 정말로 중요한 것은 지나간 자리마다 남아 있는 체취였다.

체취가 남아 있는 정도를 통해 몇 시간 전에 지나갔는지를 알 수 있다. 사냥 타깃의 이동속도를 알 수 있는 것이다.

제이슨 형제는 인간 일행의 이동속도에 맞춰서 천천히 따라잡기 시작했다.

급할 것이 없었다.

해가 떠 있는 동안에는 일정 거리를 유지하는 편이 좋았다. 인간 일행에게 이상한 원거리 무기가 있으니 말이다.

그들이 자고 있는 밤에 따라잡으면 된다. 제이슨은 그때 인간 놈들을 모조리 처치하는 거사를 치를 생각이었다.

제이슨 형제는 여유롭게 추적했다.

어차피 실버 씨족의 영역이었다.

앞마당에서 벌어지는 추격전이니 제이슨 형제로서는 눈 감고도 뒤쫓을 수 있었다. 이미 머릿속에 인간 일행의 동선이 훤히 짐작되었다.

그런데…….

"어?"

형제들 중 한 명이 당혹스런 음성을 토했다.

다른 형제들도 마찬가지.

제이슨의 얼굴에도 당혹이 스쳤다.

'체취가 사라졌다?'

"놈들의 냄새가 갑자기 없어졌어!"

"이게 어찌 된 일이지?"

"냄새가 갑자기 끊어진 건 말이 안 돼."

형제들은 처음 겪는 일에 당황하였다. 제이슨도 당황하기는 마찬가지였지만 그는 형제들에게 말했다.

"발자국은 확실하게 나 있어. 무슨 수작을 부린 건지는 모르겠지만 일단 쫓아보자."

"괜찮을까?"

"뭔가 심상치 않은데."

형제들은 불안한 눈치였다.

사냥감을 쫓을 때 후각에 많이 의존하는 라이칸스로프의 특성상, 갑자기 체취가 사라져 버린 사냥감을 쫓는 일은 껄끄러웠다.

제이슨이 으르렁거렸다.

"그럼? 그냥 돌아가자고? 아버님께는 냄새가 사라지는 바람에 무서워서 그냥 돌아왔다고 할까?!"

"아, 아니야."

"그런 뜻은 아니었어."

형제들은 찔끔하여 제이슨을 따랐다.

한동안은 체취가 사라진 인간 일행을 발자국만 보고 쫓는 상황이 계속되었다.

그런데 약 20여 분이 지나자 인간 일행의 흔적에 이상한 냄새가 풍겨왔다.

"풀 냄새잖아."

"이놈들이 이상한 수작을 부리고 있어."

이번에는 인간 일행의 체취를 느낄 수 없을 정도로 독한 풀 냄새가 풀풀 풍긴다.

대체 인간들이 무슨 꿍꿍이를 품고 있는 것인지, 제이슨 형제의 혼란은 커져만 갔다.

하지만 이 풀 냄새 또한 인간 일행이 남긴 흔적임은 틀림없었다.

제이슨 형제는 발자국과 풀 냄새를 근거로 추적을 계속하는 수밖에 도리가 없었다.

그렇게 한참을 추적했을 때였다.

어느덧 날이 밝아 해가 중천에 떴을 무렵이었다.

제이슨 일행은 잠시 추적을 멈춰야 했다.

머지않은 곳에서 풀 냄새가 아주 짙게 풍겨왔기 때문이다.

인간 일행이 가까운 곳에 머물러 있다는 뜻이었다.

"형, 어떡할까?"

"인간들이 머물러 있는 것 같아."

"식사라도 하나 보지."

"제기랄, 독한 풀 냄새가 여기까지 풍기고 있어."

형제들은 두서없이 한 마디씩 의견을 주고받았다.

아무튼 풀 냄새로 보아 인간 일행은 머지않은 곳에서 머물러 있는 것이 틀림없었다.

아직 한낮이었다.

이렇게 밝은 시각에 더 이상 가까이 접근하면 인간들의 눈에 띌 우려가 있었다.

"놈들은 헬기 형제들을 죽인 이상한 무기를 가지고 있었잖아. 놈들이 잠을 자는 밤이 될 때까지는 더 접근하지 말고 기다려야 하지 않아?"

한 형제가 의견을 제시했다.

제이슨은 그 의견이 옳다고 여겨졌다.

"좋아. 우리도 놈들이 움직일 때까지 여기서 쉬자."

"응."

"내가 먹을 것을 사냥해 올게."

"같이 가자."

새벽부터 지금까지 줄곧 끼니도 굶은 채 추적을 했던 형제들은 먹잇감을 찾아 흩어졌다.

과연 사냥의 명수인 라이칸스로프들답게 형제들은 금세 튼실한 고라니 한 마리를 잡아왔다.

제이슨은 형제들이 잡아온 고라니에게 다가가 한 손에 목뼈를 잡아 분질러 버렸다.

콰드득!

섬뜩한 소리와 함께 즉사한 고라니.

제이슨은 고라니의 목을 힘껏 깨물고 터져 나오는 신선한 피를 빨아마셨다.

형제들은 군침을 꿀꺽 삼키며 자기들 차례가 오기를 기다렸다.

건장한 라이칸스로프 일곱이 달려드니, 고라니 한 마리가 뼈만 남게 되기까지는 순식간이었다.

식사를 마치고 배가 부르자 비로소 제이슨 형제는 인간 일행이 다시 신경 쓰였다.

"아직 냄새가 그대로야."

"아직 가까운데. 여전히 움직이지 않고 있어."

"아직 식사를 끝내지 못했나 보지?"

여전히 짙게 풍겨오는 풀 냄새.

제이슨 형제는 고민 끝에 좀 더 기다려 보기로 했다.

어차피 그들의 영역에 들어와 있는 이상 인간들은 자신들의 손바닥 안이나 다름없었다. 그렇게 생각했다.

그런데 시간이 흘러도 여전히 풀 냄새가 사라지지 않자 제이슨 형제는 의문을 품기 시작했다.

“왜 이동하지 않는 거야?”

“인간들의 행동이 이상해.”

“아직도 움직이지 않는다니, 너무 여유 만만하잖아? 자기들이 누구의 영역에 있는지 모르는 건가?”

식사를 마치고 한가롭게 낮잠이라고 자고 있단 말인가?

자기들이 쫓기고 있다는 사실을 전혀 눈치채지 못했단 말인가?

많은 의문이 제이슨 형제를 혼란스럽게 만들었다.

‘안 되겠군.’

제이슨은 형제들 중 막내를 지목했다.

“네가 가서 직접 보고 와.”

“뭐? 내가?”

막내의 얼굴이 형편없이 일그러졌다.

“겁나냐?”

제이슨이 사나운 얼굴로 물었다.

막내는 똥 씹은 표정이 되었다.

겁쟁이로 취급받는 것도 싫었지만, 제이슨이 강압적인 태도로 나오니 어쩔 도리가 없었다.

“알았어. 가면 될 거 아냐.”

막내는 투덜거리며 걸어갔다.

그렇게 인간들의 발자국을 따라간 막내는 한 시간쯤 지난 후에야 헐레벌떡 되돌아왔다.

“어떻게 됐어?”

제이슨의 물음에 막내는 급히 소리쳤다.

"당했어!"

"뭐?"

"직접 와서 봐봐!"

제이슨 형제는 막내와 함께 현장으로 달려갔다.

현장을 본 순간, 제이슨은 처음에는 황당함을 느꼈다.

그리고 허탈감…….

마지막으로 참을 수 없는 분노가 치밀었다.

"이 버러지 같은 놈들이!"

현장에는 인간들이 머문 흔적이라고는 조금도 없었다.

다만 돌로 빻아서 독한 냄새를 풀들이 잔뜩 버려져 있었다.

그 풀 냄새 때문에 제이슨 형제는 인간들이 이곳에 머물러 있는 줄 알고 한참을 시간 낭비한 셈이었다.

'우릴 속여서 여기에 머물게 만들고는 멀찌감치 달아나 버렸어.'

제이슨으로서는 당연히 인간들이 속임수를 쓴 뒤 더 멀리 달아났다고 판단했다.

"서두르자. 오늘 밤까지 놈들을 따라잡아야 해!"

"알았어!"

제이슨 형제는 서둘러 달리기 시작했다.

먹잇감에 불과한 인간 따위에게 바보같이 속아 넘어갔다는 것에 크게 자존심이 상한 형제들은 눈에 뵈는 것이 없었다.

*　*　*

라이칸스로프 일곱 마리가 우리의 뒤를 밟고 있다는 사실을 알게 된 것은 점심 무렵의 일이었다.

제 딴에는 들키지 않도록 거리를 유지하고 쫓아온다고 생각했겠지만, 정찰 범위가 넓은 실프에게 걸려든 것이었다.

나는 생각하고 있던 계획을 실행에 옮겼다.

그 첫 단계가 바로 지니고 있던 독한 풀을 절반가량 버리는 것이었다.

내 의도대로 놈들을 버려진 풀의 독한 냄새 때문에 쉽사리 접근을 못했다.

그 틈에 우리는 멀찌감치 이동해서 잠을 잤다.

놈들이 당분간은 풀 냄새에 속아 쫓아오지 않는다는 걸 알고 있기 때문에 마음 편히 숙면을 취할 수 있었다.

—냐앙!

마지막 불침번을 서고 있을 때, 실프가 정찰을 마치고 돌아왔다.

실프는 앞발로 뒤를 슥슥 가리켰다. 놈들이 이제야 속은 것을 알고 쫓아오고 있는 모양이었다. 꽤 열 받았겠지?

나는 급히 준호, 혜수, 강천성을 깨웠다.

"일어나. 이제 출발해야 해."

"형, 이제 어떡하실 거예요?"

"오늘 밤에 승부를 볼 거야."

라이칸스로프들은 풀 냄새 때문에 후각이 교란당하는 바람에 거리감을 잃었다.

나에게 속기까지 했으니 마음은 더욱 급해졌을 것이다.

오늘 밤엔 놈들이 과감하게 우리에게 가까이 접근해 올 것이다.

우리는 함정을 파놓고 기다리고 있다가 모두 죽이면 된다.

"내가 미끼가 되겠다."

그렇게 자청하고 나선 것은 바로 강천성이었다.

"굳이 그럴 필요 없어요. 풀하고 우리의 체취가 배인 옷가지를 미끼를 써서 유인하면 돼요."

"후각은 그렇다 쳐도 청각은 어떻게 속일 셈이지? 우리의 상대는 늑대가 아니라 지성체다."

"아……."

강천성의 말이 옳았다.

가까이 접근했음에도 아무런 소리도 들리지 않으면 라이칸스로프들은 무언가 이상하게 여길 것이다. 이미 한 번 속았으니 더욱 경계할 테고 말이다.

"괜찮겠어요?"

"문제없다. 얼마나 강한 놈들인지 꼭 한번 싸워보고 싶었으니까. 내가 얼마나 강해졌는지 확인도 해볼 겸."

역시나 배짱이 하늘을 찌르는 강천성이었다.

19회차 베테랑 시험자하고도 쫄지 않고 대련을 하고 오히려 가르침을 내리기까지 한 사람이니 말 다한 셈이었다.

"그럼 부탁할게요. 놈들을 붙잡아두기면 하면 돼요."

그렇게 얼마나 걸었을까.

저녁이 지나고 날이 어두워지기 시작했다.

계속해서 걸음을 옮기던 우리는 이윽고 완전히 해가 지고 어둠이 드리우자 작전대로 움직였다.

망토를 비롯하여 우리의 체취가 배여 있는 옷가지를 벗어서 한 곳에 모아놓았다. 강천성도 옷가지를 모아놓은 곳에서 누워 잠든 시늉을 하였다.

우리는 배틀 슈트와 부츠 차림으로 조금 떨어진 곳에 잠복했다.

"무장."

모신나강이 나타나 내 오른손에 잡혔다.

"여기요, 오빠."

혜수가 아이템백에서 7.62㎜탄을 건네주었다.

모신나강에 장전해 놓고 만반의 태세를 갖추었다.

이제 놈들이 오기만을 기다리면 된다.

* * *

"놈들의 냄새가 난다."

형제들 중 한 명이 킁킁거리며 말했다.

제이슨 역시 후각에 집중하더니 고개를 끄덕였다.

"확실히. 역한 풀 냄새가 함께 섞여 있지만 희미하게 인간의 냄새가 나는군."

제이슨은 으드득 이를 갈았다.

"가자. 전부 죽여 버리겠어."

"그래도 조심해야 해."

"놈들의 이상한 무기가 있으니까."

"알고 있어!"

제이슨 형제는 인간들이 머물러 있는 곳을 향해 조심스럽게 접근하기 시작했다.

숨을 죽이고 소리 없이 접근했다.

가까워질수록 인간들의 체취가 강하게 풍겨왔다.

마침내 인간들을 눈으로 확인할 수 있는 위치까지 접근하는데 성공했다.

한 인간 남자가 보였다.

불침번을 서고 있는지 자리에 앉아 있었다. 나머지는 잘 보이지 않았지만 누워 자고 있는 것 같았다.

형제들은 제이슨을 바라보았다. 이제 어떻게 할 거냐는 무언의 질문이었다.

'깨어 있는 건 한 놈뿐이군.'

깨어 있는 인간 남자는 아무런 무기도 들고 있지 않았다.

저 정도면 충분히 싸워볼 만했다. 아니, 압승이었다.

헬기가 아무것도 해보지 못하고 도망쳐야 했던 인간들을 전부 죽일 수 있는 절호의 찬스였다. 이 기회를 놓칠 제이슨이 아니었다.

'감히 날 속였겠다! 인간 따위가.'

제이슨은 발톱을 날카롭게 세웠다.

형제들도 따라서 전투태세로 돌입했다. 싸움을 앞두자 야성적인 살기가 흘러나오기 시작했다.

"크르릉!"

마침내 제이슨이 덤벼들었다.

가장 먼저 노린 것은 당연히 깨어서 불침번을 보는 인간 남자였다.

득달같이 달려들어 손톱을 휘둘렀다. 인간 남자 하나 따위 목을 날리는 것쯤은 순식간일 것만 같았다.

하지만 인간 남자는 마치 기다렸다는 듯이 옆으로 몸을 날려 피했다. 오히려 땅을 구르며 피하는 와중에도 제이슨의 다리를 후려 균형을 잃게 만들었다.

퍼억!

"큭!"

예상치 못한 반격에 방심했던 제이슨은 휘청거렸다.

함께 뛰쳐나온 형제들이 공격했으나 인간 남자는 무섭도록 침착했다.

'뭔가 잘못됐다!'

불길한 예감이 제이슨의 뇌리를 스쳤다. 그리고…….

타앙!

*　　*　　*

"쏴!"

내 명령이 떨어지자 실프는 방아쇠를 당겼다.

타앙!

모신나강에서 불꽃이 뿜어짐과 동시에 '깨앵!' 하는 비명 소리가 울려 퍼졌다.

철컥!

실프는 볼트를 잡아당겨 왕복시키며 탄피를 제거했다. 이어서 다시 방아쇠를 당기는 동작이 신속하기 이를 데가 없었다.

타아앙— 퍼억!

총성이 울려 퍼질 때마다 라이칸스로프가 쓰러졌다.

철컥, 타앙!

"커헝!"

철컥, 타앙.

"깨앵!"

실프는 기계처럼 반복 동작으로 연속 사격을 펼쳤다. 내가 총을 잡았더라면 저것처럼 신속하지 못했을 터였다.

어두운 밤이라 실루엣만 어렴풋이 보였지만, 라이칸스로프들이 무척 당황했다는 것은 알 수 있었다.

"도망쳐라!"

처음으로 들은 라이칸스로프의 육성이었다.

나는 충격을 받았다.

'정말로 사람처럼 말을 하는구나!'

짐승의 얼굴로 말을 한 것도 놀랐고, 그 말을 우리가 알아들을 수 있다는 것에 또 놀랐다.

생전 처음 듣는 언어로 소리치는데, 나는 그 말을 알아들을 수 있는 것이었다.

"형, 놈들이 도망쳐요!"

준호의 외침에 비로소 나는 정신을 차렸다.

순식간에 총에 맞아 죽어서 세 마리밖에 남지 않은 라이칸스로프들이 도망치기 시작했다.

그러자 라이칸스로프들에게 둘러싸인 채 방어만 하고 있던 강천성이 본격적으로 움직였다.

강천성은 날렵하게 한 마리에게 하단차기를 날려 쓰러뜨렸다.

"크르릉!"

쓰러진 라이칸스로프가 고함을 지르며 손톱을 마구 휘둘러 저항했다.

강천성은 그 맹공을 모조리 피해내며, 빈틈으로 정확하게 손바닥을 내질렀다.

퍼억!

"크헝!"

가슴팍에 일장을 얻어맞은 라이칸스로프는 고통스러운 신음을 토했다. 고통에 깜짝 놀란 라이칸스로프는 정말로 짐승 같은 비명을 토하며 마구잡이로 손톱을 휘둘렀다. 금방이라도 강천성을 걸레로 만들어버릴 것 같았다.

하지만 강천성은 냉정했다.

물러서지 않고 맞섰다. 부드럽게 두 팔을 휘저어서 라이칸스로프의 저항을 모조리 무위로 돌려 버렸다.

그러면서 파고들어서 가슴팍에 다시 일장!

뻐어억!

"크허어엉!"

거침없이 계속해서 두들긴다.

비명과 함께 라이칸스로프가 피를 토하기 시작했다.

'좋아. 이제 남은 건 두 마리!'

나는 5발들이 탄 클립 하나를 실프에게 건네주며 명령했다.

"실프, 쫓아가서 모두 쏴 죽여."

—냥!

실프는 모신나강을 들고 바람처럼 날아갔다.

*　　　*　　　*

제이슨은 공포에 질렸다.

이해할 수가 없었다.

타앙, 하는 쩌렁쩌렁한 소음이 울려 퍼질 때마다 형제들의 머리통이 터져 버렸다.

실버 씨족의 어엿한 라이칸스로프 전사가 그렇게 허망하게 죽는 것을 제이슨은 한 번도 본 적이 없었다.

'정말이었어! 이래서 헬기가 도망칠 수밖에 없던 거였어!'

자신 또한 그렇게 허무하게 죽어버릴지도 모른다고 생각하니 공포에 엄습했다.

제이슨은 도망쳤다.

살아남은 형제는 한 명뿐이었다.

그런데…….

탕—

또다시 울려 퍼지는 소름 끼치는 소음.

제이슨은 뒤도 돌아보지 않고 달렸다. 그런데 그렇게 헐레벌떡 달리다 보니, 문득 주위에 아무도 없다는 것을 깨달았다.

함께 도망친 동생이 없었다.

살아 있는 것은 제이슨 혼자뿐이었다.

'사, 살고 싶어! 난 살아야 해!'

온갖 생각이 뇌리를 스쳐 지나갔다. 살면서 바라고 추구했던 욕망들이 모두 부질없어졌다.

가장 달콤한 욕망은 바로 생존을 향한 소망이라는 것을 제이슨은 깨달았다.

만용을 부린 것을 후회했다.

헬기 형제의 낭패를 보고 위험성을 깨달았어야 했다. 상대가 먹이에 불과한 인간들이라고 방심해서는 안 되는 거였다.

얕은 속임수에 넘어가 골탕을 먹은 바람에 분노하여 성급하게 접근했던 것이 실수였다. 그래서는 안 되는 거였다.

하지만 이미 때는 늦었다.

타아앙!

머리에서 느껴지는 둔탁한 충격과 함께 제이슨의 시야가 칠흑 같은 암흑으로 물들었다.

*　　　*　　　*

빠지직!

강천성은 라이칸스로프의 머리에 마지막 일격을 선사했다.

두개골이 부서지는 섬뜩한 소리와 함께 라이칸스로프는 실 끊긴 꼭두각시 인형처럼 거꾸러졌다.

때맞춰 실프도 돌아왔다. 앙증맞은 두 앞발로 자기 몸길이보다 훨씬 큰 모신나강을 든 채로 눈을 동그랗게 뜨고 날 바라본다. 잘했냐는 표정이었다.

"잘했어, 실프."

나는 실프의 머리를 쓰다듬어 주었다. 실프는 내 손바닥에 뺨을 부비며 좋아한다.

그렇게 싸움이 종료되자 나는 일단 라이칸스로프의 시체를 한 곳에 모으기로 했다.

달아나다가 실프에게 저격당해 죽은 라이칸스로프 두 마리의 시체까지 모두 한 곳에 모았다.

"마정을 찾아보자."

내 말에 준호와 혜수가 뜨악한 표정을 짓는다.

"그, 그거 시체 몸속을 뒤져야 하는 거죠?"

준호의 물음에 나는 고개를 끄덕였다.

"그렇겠지."

"으으……."

준호는 엄두를 내지 못했다.

그야 당연한 일이었다. 아무리 시험자가 되고서 험한 일에 적응이 되었다지만, 시체를 뒤적거릴 정도로 비위가 좋아진 것은 아니니 말이다.

그런데 의외로 혜수가 나서서 말했다.

"오빠, 제가 할게요."

"네가?"

"예, 저한테 맡겨주세요."

혜수는 장검을 소환했다.

그리고 라이칸스로프들의 시체에 다가갔다.

총에 맞아 머리가 터져 죽은 꼴이 너무나도 그로테스크했다. 하지만 혜수는 용기를 가지고 장검으로 라이칸스로프의 몸을 찔렀다.

푸욱!

보고 있던 준호가 움찔한다.

혜수는 떨리는 손으로, 그러나 확실하게 라이칸스로프의 복부를 절개했다. 그리고는 피가 철철 흘러넘치는 절개된 틈으로 손을 집어넣는다.

그것을 보고 나는 느낄 수 있었다. 혜수가 얼마나 강해지려고 노력하는지를 말이다. 궂은일을 자청하고 나서는 것이 그 증거였다.

"형, 저도 할게요. 무장!"

준호 또한 단창을 소환하더니 다른 시체를 찔러서 해부하기 시작했다.

"오빠, 찾았어요!"

먼저 찾아낸 혜수가 피에 젖어 있는 동그란 구슬 같은 것을 보여주었다.

노란 색깔의 동그란 구슬.

그것이 바로 아레나의 모든 생명체가 몸에 품고 있다는 마정이었다.

연구소에서 차지혜가 마정의 샘플을 보여준 적이 있었는데, 그 샘플보다는 조금 작았지만 확실했다.

"나도 찾았어요, 형! 배꼽 근처에 있었어요."

준호도 찾아낸 마정을 보여주었다.

"오케이, 이제 나한테 맡겨."

나는 실프를 시켰다.

실프는 바람의 칼날로 간단하게 마정을 추출했다.

그렇게 모인 마정 일곱 개는 혜수의 아이템백에 넣어두기로 했다. 공간이 부족했기 때문에 아이템백에서 총알을 꺼내 내 옷 주머니에 쑤셔 넣었다.

"형, 이걸 연구소에 팔면 얼마나 받을 수 있을까요?"

"모르지. 그건 됐고, 이제 움직이자. 서둘러야 해. 다른 라이칸스로프들도 총성을 들었을 테니까."

"네."

우리는 다시 걸음을 옮겼다.

*　　　*　　　*

서울 강남 한복판에 우뚝 솟아 있는 빌딩이 있었다.

진성이라는 두 글자가 크게 새겨진 이 고층빌딩은 바로 진성그룹의 본사였다.

그 최고층에는 70대 초반의 나이 든 노인이 앉아서 창밖의 도시 정경을 내려다보고 있었다.

장난감처럼 작게 보이는 도시의 건물들을 내려다보는 노인의 눈길에는 알 수 없는 쓸쓸한 회한이 어려 있었다.

"회장님."

뒤에서 노인을 부르는 중년 사내의 목소리가 들렸다.

진성그룹의 회장, 빈농의 아들로 태어나 대한민국에서 가장 큰 부귀영화를 거머쥔 박진성 회장은 뒤를 돌아보았다.

박진성 회장이 물었다.

"알아봤느냐?"

"예, 연구소 내부의 인맥을 통해 알아냈습니다."

"보여다오."

"예, 보시지요."

마르고 날카로운 인상의 중년 사내는 탁상에 사진 여러 장을 늘어놓았다.

배경은 군부대의 헬기장.

네 명의 젊은 남녀가 헬기에 오르는 장면이 찍힌 사진이었다.

이 군부대 소속의 간부가 조악한 스마트폰 카메라로 몰래 찍은 사진이었다.

네 남녀의 얼굴이 자세히 포커스된 사진들도 있었다.

중년 사내는 이어서 그들의 신상내역이 적힌 서류도 보여주며 말했다.

"요번에 연구소에 새로 영입된 시험자들로, 통칭 김현호 팀입니다."

"김현호가 누구냐?"

"이 청년입니다."

중년 사내는 김현호의 사진을 박진성 회장에게 더 가까이 밀어주었다.

"이 친구가 리더로군?"

"예."

"어떤 친구더냐?"

"침착하고 판단력이 좋다고 합니다. 무엇보다도 특이한 메인스킬을 보유하고 있다고 했습니다."

"어떤?"

"모르겠습니다. 돈을 더 준다고 해도 그 이상은 말할 수 없다고 거절했습니다."

"다른 이들은?"

"강천성이라는 이 시험자가 주목할 만합니다."

강천성의 사진을 들이밀며 설명을 계속한다.

"스킬 등은 평범한데, 매우 실력이 출중한 중국 출신의 무술가입니다. 이제 3회차인데 웬만한 6회차 시험자를 능가하는 실력을 보유하고 있었다고 합니다."

"허, 그렇게나?"

"예, 과장 같지가 않았습니다."

"흐음……."

박진성 회장은 강천성의 사진을 슥 보다가, 다시 김현호의 사진을 바라보았다.

"김현호 이 친구는 본래 뭐 하던 친구던가?"

"나이는 29세. 대학 졸업 후 특별한 취직 활동을 하지 않았고, 공무원 시험을 준비하던 중에 돌연 모두 접고서 가족들이 사는 천안으로 돌아갔습니다."

"쯧쯧, 어쩌다가 제대로 삶도 못 펼쳐보고 죽어서 이 고생을 할꼬."

박진성 회장은 측은하다는 듯이 혀를 차며 사진을 바라본다.

평범하지만 정감이 가는 얼굴이었다. 첫째 아들놈의 젊은 시절 같기도 했다.

'특이한 메인스킬을 가졌다고?'

박진성 회장은 묘한 기대감에 가슴이 설레었다.

'이 친구라면 혹시 가능할지도 모른다.'

* * *

"어찌 되었느냐?"

아버지가 물었다.

급히 다녀오느라 지친 헬기는 숨을 고르며 대답했다.

"모두 죽어 있었습니다, 아버님."

그 말에 모여 있던 라이칸스로프들이 크게 동요했다.

"아아악! 안 돼!"

한 라이칸스로프 여자가 주저앉아 비명을 토했다. 그녀는 바로 제이슨 형제의 어미인 셋째 아내 헤라였다.

아들 일곱이 모두, 그것도 가장 기대를 걸고 있던 제이슨마저 죽었다는 소식에 헤라는 큰 충격을 받고 오열했다.

"거짓말이야! 제이슨은? 제이슨도 죽었다고? 네가 봤어?"

"제이슨의 시체를 봤습니다. 그 인간의 무기에 머리를 맞아 즉사한 모습이었습니다."

헬기는 냉정하게 대답했다. 그 말에 헤라는 머리를 싸쥐고 비명을 질렀다.

그때였다.

"닥쳐."

아버지의 낮은 음성이 울려 퍼졌다.

헤라의 울음이 뚝 멎었다. 그녀는 겁먹은 얼굴로 자신의 남편을 바라보았다.

"아들은 또 낳으면 돼. 정신 사나우니 꺼져 있어."

"흐흐흑."

헤라는 서럽게 훌쩍거리며 무리에서 벗어나 조용한 곳으로 사라졌다.

아버지는 다시 헬기를 응시했다.

"놈들은 어디로 갔느냐?"

"서쪽으로 향했습니다. 그대로 가면 내일쯤이면 인간의 마을에 도착할 것 같습니다."

"그 마을 말이지."

아버지는 잠시 눈을 감았다.

자신의 아들을 열 명이나 죽인 건방진 인간들을 어떻게 처리할지를 고민했다.

이윽고 그가 말했다.

"평소대로 처리한다."

"평소대로요?"

헬기가 되물었다. 아버지는 고개를 끄덕였다.

"그 마을로 가게 놔둬라."

*　　*　　*

밤새 걷다 보니 어느덧 날이 밝아오기 시작했다.

"형, 저기 좀 봐요!"

문득 준호가 앞을 가리키며 소리쳤다. 안개가 뿌옇게 껴서 전방 멀리에 뭐가 있는지 잘 보이지 않았다.

그런데 준호의 말에 자세히 응시하니 정말로 뭔가 이상한 것이 보였다.

나는 내 눈을 의심했다.

"마을?"

그랬다.

사람이 살고 있는 마을이었다. 화전으로 일군 밭은 물론 소나 돼지를 모아놓은 목장도 보였다.

라이칸스로프가 서식하는 이 숲에 사람이 사는 마을을 볼 수 있을 줄은 몰랐다.

"이제 살았어요!"

"사람이 살고 있으니 이제 숲을 벗어났나 봐요!"

준호와 혜수가 뛸 듯이 기뻐했다.

하지만 나는 미심쩍은 느낌을 떨쳐 버릴 수가 없었다.

"라이칸스로프들의 영역과 이렇게 가까운데 사람이 사는 마을이 있다고? 뭔가 이상한데."

"저기 봐요, 오빠. 마을 담장이 굉장히 높아요. 라이칸스로프를 막으려고 저렇게 만들어놓은 게 아닐까요?"

혜수의 말대로 마을은 성벽처럼 목책이 둘러져 있었다.

"……일단 가보자. 혹시 그냥 평범한 마을이 아니라 산적 같은 놈들의 아지트일 수도 있으니까 각별히 주의하고."

"네."

"알았어요."

이곳 아레나의 세계를 21세기 현대 지구와 똑같이 봐서는 안 된다.

듣기로 아레나의 인류 사회는 현대보다 훨씬 치안이 뒤떨어져 있다고 했다. 마을 주민들이 단체로 강도로 돌변해 우리를 털어먹으려 할지 누가 안단 말인가?

조심스럽게 마을로 접근했다.

마을은 빈틈없이 목책에 둘러싸여 있었지만, 안으로 들어가는 정문은 반쯤 열려 있었다.

아직 이른 새벽이라 그런지 사람들은 보이지 않았다.

하지만 나는 신중하기로 했다.

"실프."

—냥?

실프가 허공에 나타나 내 머리 위에 사뿐히 섰다.

"마을 내부를 살펴줘."

—냥!

실프는 바람이 되어 마을 안으로 들어갔다.

빠르게 마을을 둘러보고 돌아온 실프에게 내가 물었다.

"사람이 살고 있니?"

—냥.

실프는 고개를 끄덕였다.

"몇 명이나?"

실프는 땅바닥에 숫자 234를 적었다.

인구 2백 정도라면 작은 마을이지만, 이런 위험한 숲에 위치한 마을이라는 점을 감안한다면 충분히 놀랄 만한 일이었다.

"다들 잠들어 있니?"

이번에는 숫자 28을 적었다. 28명 정도가 깨어 있다는 뜻이리라.

"내가 앞장서겠다."

강천성이 나섰다.

"예, 부탁할게요."

강천성은 앞장서서 마을 안으로 들어섰다. 그 뒤를 우리가 줄줄이 따랐다.

마을 안의 풍경은 평범했다.

나무로 지은 조악한 집들이 빽빽하게 들어선 모습.

마을 정문으로 들어왔을 때, 마을 광장쯤으로 보이는 공터가 가장 먼저 눈에 들어왔다.

공터 한가운데는 우물이 있는데, 우물물을 깃던 아줌마가 휘둥그레진 눈으로 우릴 바라보았다.

"누, 누구시죠?"

아줌마가 물었다.

간밤에 죽인 라이칸스로프와 똑같은 언어였다. 러시아어와 약간 억양이 비슷했는데, 이번에도 나는 그 언어를 알아들을 수 있었다.

"형, 형도 알아들었어요?"

준호의 물음에 나는 고개를 끄덕였다.

"우리가 시험자라서 그런 것 같아요."

혜수의 말이 옳았다.

원활한 시험 진행을 위하여 아레나의 모든 언어를 알아들을 수 있는 능력을 시험자에게 주었다고 봐야 옳았다. 그렇지 않으면 이 현상은 설명이 안 된다.

"저, 저기……."

아줌마는 겁먹은 얼굴로 다시 한 번 말을 건넨다.

내가 나서서 대답했다.

"안녕하세요?"

놀랍게도 내 입에서도 한국말이 아닌 아줌마와 똑같은 언어가 흘러나왔다. 다른 팀원들도 놀란 눈치였다.

"당신들은 누구시죠?"

"저희는 여행자입니다. 길을 잘못 들어 숲을 헤매다가 이 마을을 발견하고 왔습니다."

"여행자라고요? 이 숲을요?"

"예."

아줌마는 믿지 못하는 표정이었다.

하기야 레드 에이프와 라이칸스로프가 득시글거리는 이 숲을 헤매는 여행자라니 쉽게 믿을 리가 없었다.

나는 부연설명을 했다.

"예, 숲을 헤매다가 라이칸스로프의 공격을 받아서 꽤나 고생했습니다."

그러면서 나는 아줌마의 반응을 유심히 살폈다.

"라, 라이칸스로프에게요?"

면밀히 관찰해 보니 아줌마는 '라이칸스로프' 라는 말에 민감한 반응을 보였다.

'라이칸스로프를 무서워하는 것 같네. 일단 강하게 나가볼까?'

내가 말했다.

"열 마리가 한꺼번에 덤벼들기에 모두 처치해 버렸죠. 우리는 꽤 강하거든요."

깜짝 놀란 아줌마에게 내가 이어서 말했다.

"이 마을의 책임자 되시는 분과 만날 수 있을까요? 여기서 며칠만 머물도록 허락을 받고 싶습니다. 라이칸스로프들은 우리를 두려워하니 놈들이 우릴 뒤쫓아 이곳을 습격할 걱정은 하지 않아도 됩니다."

내 말에 아줌마는 도리어 더 무서워하는 표정이었다.

"자, 잠시만 기다려요! 촌장님을 모셔올 테니."

아줌마는 부리나케 어디론가 달려갔다.

"형, 그렇게 허풍 떨어도 돼요?"

준호가 물었다.

나는 어깨를 으쓱했다.

"한번 반응을 보려고 떠봤어."

"그래서 어땠어요?"

혜수가 물었다.

"……좀 이상해."

"네?"

"이 마을은 좀 이상해. 수상한 구석이 한두 가지가 아니야."

"더 자세히 말해봐라."

강천성이 말했다.

내가 답했다.

"라이칸스로프가 출몰하는 숲에 떡하니 마을이 있는 것도 이상한데, 목책의 문은 열려 있고 지키는 사람들도 없어요."

"아……!"

"정말이네요."

그제야 준호와 혜수, 강천성도 마을을 둘러보며 이상한 점을 깨달았다.

"아까 그 아줌마 반응 봤지? 우리가 라이칸스로프 열 마리를 죽였고 놈들이 우릴 두려워한다고 말하니까 오히려 더 겁먹는 거."

"혹시 라이칸스로프가 마을 주민으로 변신한 게 아닐까요? 사람으로 변신할 수 있다고 했잖아요."

혜수가 의견을 제기했다. 나는 고개를 저었다.

"실프는 사람이 살고 있다고 했어. 실프, 그렇지?"

—냐앙.

실프는 꼬리로 내 목을 휘감고서 고개를 끄덕였다.

"라이칸스로프가 변신한 게 아니라 사람이 확실하니?"

혜수가 물었다.

실프는 고개를 끄덕였다.

실프가 저렇게 확신하니 틀림없었다.

무엇보다 이 마을엔 밭이나 목장도 있었다. 라이칸스로프가 농사와 목축을 했다고 보기는 힘들다.

잠시 후, 마을 사내들 십여 명이 우르르 나타났다.

"자네들이 그 여행자인가?"

지팡이를 짚고 있는 허연 수염의 노인이 물었다.

내가 답했다.

"그렇습니다."

"난 이 마을 촌장 레빌이라고 하네."

레빌? 이상한 이름이군. 아레나 세계에서는 이게 흔한 이름일까?

"저희는 그냥 이곳저곳 떠도는 여행자입니다. 딱 하루만 이 마을에서 머물고 싶은데 허락해 주시겠습니까?"

"라이칸스로프와 싸웠다고?"

"예, 그런 놈들쯤이야 아무것도 아닙니다."

"허허, 대단하구먼. 그렇지 않아도 우리 마을은 그놈들에게 많은 괴롭힘을 받는다네. 자네들 같은 듬직한 이들이라면 언제든 환영이지."

"감사합니다."

"빈집이 있으니 자네들이 며칠 묵기에 큰 지장이 없을 걸세. 내가 안내해 줄 테니 따라오게나."

"예."

"자자, 내게 맡기고 다들 일들 보게."

촌장은 함께 나온 건장한 사내들 십여 명을 해산시켰다.

사내들이 뿔뿔이 흩어졌고, 우리는 촌장 레빌의 안내를 받아 마을을 걸었다.

"이상하지?"

촌장은 뜬금없이 물었다.

"뭐가 말이죠?"

"이런 곳에 마을이 있는 게 이상하지 않은가?"

"아, 예. 확실히 이상했습니다. 이런 위험한 숲에 마을이 있으니까요."

"허허허, 확실히 숲에 나타나는 짐승들이나 괴물들은 위험하지. 하지만 그보다 더 무서운 게 뭔지 아나?"

"모르겠습니다."

"세금일세."

촌장은 한숨을 쉬며 말을 이었다.

"살인적인 세금처럼 무서운 게 없지. 무자비한 영주보다는 차라리 라이칸스로프가 낫네. 이 마을 주민들 모두 영주의 폭정을 피해 달아나 숨어든 사람들이지."

"많이 고생하셨겠네요."

"말해 뭐하겠나. 화전으로 밭 일구랴 소 돼지 키우랴 라이칸스로프들과 싸우랴 고생이 이만저만이 아니었지."

'마지막 말만 거짓말이군.'

나는 분석 끝에 그렇게 결론을 내렸다.

폭정을 피해 숨어든 사람들이 형성한 마을인 건 사실 같다.

하지만 라이칸스로프와 맞서 싸운다는 것에는 의문이었다.

아까 촌장과 함께 나타난 사내들을 쭉 살펴보았는데, 제대로 무장한 사람은 한 명도 없었다.

'어디 한번 지켜보자.'

레빌이라는 이 촌장 늙은이가 대체 무슨 의도를 품고 있는지 알아야겠다.

내 생각엔 라이칸스로프들과 모종의 관계를 갖고 있다고 생각된다.

이 마을의 정체와 우리에게 거짓말하는 이유를 알아야겠다.

"자, 이곳일세. 꽤 쓸 만하지?"

촌장은 나무판자로 이어 만든 조잡한 집을 보여주었다. 뭐, 그래도 땅바닥에서 자는 것보다는 나으니까.

"호의에 감사드립니다."

나는 다시 한 번 촌장에게 감사를 표했다.

"필요한 게 있으면 언제든 말만 하게."

촌장은 흐뭇하게 웃고는 떠났다.

우리끼리 남게 되자 혜수가 눈살을 찌푸리며 말했다.

"오빠, 여기서 지내도 괜찮은 거예요? 오빠 말대로 이 마을은 좀 느낌이 이상해요."

"저도 아까 형 말 듣고 나니까 이상한 점이 한두 가지가 아니더라고요. 우리 그냥 이런 마을에 머물지 말고 떠나는 게 낫지 않을까요?"

혜수와 준호는 이 마을을 꺼림칙스럽게 생각하고 있었다. 강천성도 말은 없지만 같은 생각이리라.

내가 말했다.

"너희 말대로 이 마을은 수상해. 하지만 우린 이 마을에서 머물러야 해."

다들 의아한 얼굴이 되었다. 왜냐고 묻는 표정들이었다.

내가 말했다.

"우리가 이 마을을 그냥 지나치고 계속 갈 길을 간다고 생각해 보자. 우리를 쫓아오는 라이칸스로프를 따돌릴 수 있을까?"

"……."

"……안 되겠죠. 그놈들이 우리보다 훨씬 빠르니까요."

그래.

내 결론도 그렇다.

"그럼 생각해 봐. 우리는 이동속도로 라이칸스로프를 따돌릴 수 없고, 공격받는 족족 맞서 싸우는 것도 무리야. 놈들도 바보가 아니니 이제 방심하지 않고 다수로 덤벼들 테니까."

모신나강이 마구 휘갈길 수 있는 자동소총도 아니고, 총알도 한정되어 있다.

"하지만 불가능한 시험을 우리에게 줬을 리가 없어. 어딘가에 분명히 시험을 클리어할 수 있는 힌트가 있고, 난 그게 이 마을에 있다고 생각해."

6장

목장

첫 번째 싸움에서 3마리를 죽였고 두 번째 싸움에서 7마리를 죽였다. 그럼 인간과 비슷한 지능 수준을 가진 라이칸스로프는 어떻게 나올까?

저렇게 당해놓고서 방심할 리도 없고 적어도 수십 마리가 한꺼번에 복수에 나서지 않을까?

그렇다면 우리가 빨리 걷는다 해도 라이칸스로프를 따돌릴 수 있을 리는 없다. 결국은 싸워야 하는 상황이 되는데 그리되면 우리가 매우 불리하다.

어젯밤에 7마리를 함정에 빠뜨려 간단하게 몰살시켰지만 그건 전술의 승리였다.

장애물이 많은 숲에서 다수와 싸우게 된다면 이길 자신이 없다.

'하지만 클리어할 수 없는 시험은 없다.'

나는 시험 클리어의 단서가 이 마을에 있다는 생각이 들었다.

라이칸스로프의 영역 안에서 떡하니 살아가고 있는 마을 주민들 말이다.

무기도 경계심도 없고 하다못해 경비견도 없다!

'개가 없다는 건 말이 안 되지.'

방금 전에 떠올린 사실인데, 라이칸스로프는 인간으로 변신할 수 있으니 식별하기 위해서는 경비견이 필요하다. 라이칸스로프를 적대하는 마을이었다면 마을 입구에 경비견이 있어야 했다.

한데 이 마을에는 개가 한 마리도 없었다.

'좀 더 조사해 보자.'

나는 실프를 소환해서 마을을 탐색하며 정보를 모으기 시작했다.

* * *

일행을 빈집에 안내해 주고 돌아온 촌장에게 마을 사내 십여 명이 다가왔다.

"촌장님, 어찌 됐습니까?"

"제이슨이 살던 집에서 묵게 했다."

"너무 위험하지 않습니까, 촌장님? 그 괴물들과 싸웠다지 않습니까."

"열 마리나 죽였다니 세상에……."

사내들은 너도나도 공포로 얼굴이 물들어 있었다.

"확실히 위험한 자들이지."

그렇게 중얼거리며 촌장은 고민에 잠겼다.

이 일대를 지배하고 있는 라이칸스로프 무리, 실버 씨족은 마을 주민들로서는 공포의 대상이었다. 감히 대항할 엄두도 낼 수 없을 정도로 말이다.

그런데 그 실버 씨족과 싸워서 열 마리나 사살한 여행자들의 등장은 마을을 충격에 빠뜨리기에 충분했다.

"허풍을 떠는 게 아닐까요? 여기저기 떠도는 여행자 놈들은 흔히 그렇게 자랑을 하고 싶어 하잖아요."

"그, 그래. 내 생각도 그래. 그냥 우리에게 거들먹거리고 싶은 것뿐일 거야."

"실제로는 라이칸스로프를 만나지도 못했거나 간신히 도망쳤거나 둘 중 하나겠지."

사내들은 방문자들을 험담하며 깎아내리기에 여념이 없었다.

하지만 촌장은 고개를 저었다.

"허풍쟁이로 보이지 않았다. 그러기에는 성격이 경박하지 않았어."

촌장의 말에 분위기는 다시 침체되었다.

"정말 강한 여행자들이면 어떡하죠? 베리 아줌마가 그랬잖아요. 라이칸스로프를 전혀 겁내지 않는 눈치였다고요."

"맞아요. 만약 정말로 라이칸스로프쯤은 식후 운동거리로 여길 정도의 강자들이라면……."

"그럴 리가 없다."

촌장은 단호히 말했다.

"라이칸스로프 열 마리를 사살한 건 사실이겠지. 하지만 그 정도로 강한 이들은 아닐 게야."

"정말 그럴까요?"

"그건 모르잖아요."

사내들의 반박에 촌장이 다시 말했다.

"멍청한 놈들. 그 실버 수장을 떠올려 보아라."

그 말에 사내들의 안색이 변했다.

실버 수장.

실버 씨족의 우두머리 라이칸스로프는 충격과 공포 그 자체였다. 이 세상에 그보다 더 강한 존재는 없을 것 같았다.

"그런 존재를 보고도 두려워하지 않을 사람은 없다. 여행자들은 아직 그를 보지 못했을 뿐이야."

"그, 그럼 어쩌죠?"

"평소대로 해야지."

촌장의 눈빛이 차갑게 가라앉았다.

"그들에게 가져다줄 식사에 수면제를 투여해라. 혹시라도 눈치챌지도 모르니 점심과 저녁에 걸쳐 나눠서. 그리고 실버 씨족에 이 사실을 알려. 실버 씨족도 이미 알고 있을 테니까."

"예."

"알겠습니다, 촌장님."

돌아서면서 촌장은 중얼거렸다.

"평소대로다. 그거면 돼. 이변 같은 건 필요하지 않아."

집으로 돌아가면서 촌장은 혼잣말을 한다.

"우린 지금 이대로도 잘 살아왔어……."

그리고 그런 모습을 지붕 위에서 내려다보는 작은 존재가 있었다.

—냐앙.

바람으로 이루어진 고양이 형상의 생명체는 꼬리를 살랑거렸다.

*　　*　　*

촌장은 예정대로 진행했다.

사내 하나를 실버 씨족에 보내 소식을 알렸고, 여행자들에게는 마을 아낙들을 시켜서 식사를 대접했다. 물론 수면제가 들어간 식사였다.

틈틈이 안부를 묻는 척 여행자들의 동태를 살폈는데, 여행자들은 수면제가 통한 건지 아니면 긴장이 풀린 탓인지 일찌감치 잠들었다.

'예정대로군.'

촌장은 실실 웃고는 집으로 돌아왔다.

가족 없이 홀로 사는 촌장의 집은 을씨년스러웠다.

촌장은 찬장에서 포도주를 꺼내 컵에 따라 마셨다. 하루 중 가장 좋아하는 시간이었다. 이 척박하기 짝이 없는 마을에서 오직 그만이 누릴 수 있는 호사였기 때문이다.

나이 들어 늙는다는 것조차도 사치인 이곳이었다. 하루하루 살아남은 것을 다행으로 여기는 이 마을에서 촌장은 가장 나이 든 사람이었다.

그것은 권력이었다.

촌장은 하루하루 권력의 달콤함을 삶의 낙으로 여기며 사는 인간이었다.

문득 이 마을을 방문한 여행자들이 생각났다.

분명 여러 가지 모험을 겪으며 화려하게 살아온 자들일 것이다.

라이칸스로프를 싸워서 격퇴할 정도의 강함을 갖춘, 이 작은 마을의 늙은 촌장 따위보다 더 대단한 모험가들.

'안됐군.'

앞으로도 이 늙은이의 지난 평생보다 더 대단한 인생을 살아갈 젊은이들인데, 그들의 운명은 오늘 밤을 넘기지 못한다.

그들의 비극적인 운명에 측은함을 느꼈고, 측은해할 수 있다는 사실에 묘한 흥분과 만족감을 느꼈다. 결국엔 살아남은 자신이 더 대단하다고 자위할 수 있기 때문이었다.

"아직 미래가 한창일 젊은이들인데, 우릴 너무 원망하지 말게나."

그렇게 중얼거리며 다시 포도주를 한 모금 마셨다.

그런데 바로 그때였다.

"원망할 짓을 한다는 건 원망받을 각오가 되어 있다는 뜻이겠지요?"

"허억!"

등 뒤에서 들린 목소리에 촌장은 심장이 멈출 정도로 놀랐다.

쨍그랑!

놀란 바람에 놓친 컵이 깨지고 포도주가 바닥을 적셨다.

촌장은 뒤를 돌아보았다.

그리고 두 눈이 부릅떠졌다.

지금쯤 수면제를 먹고 곯아떨어졌어야 할 사람이 거기에 있었다.

*　　*　　*

당연한 일이지만 우리는 식사를 입에도 대지 않았다.

수면제가 든 음식을 가져다주면서 잘 먹으라며 인자하게 웃는 아낙들의 모습이 섬뜩하게 느껴졌다.

얼마나 익숙하기에?

얼마나 많은 방문객을 속여 왔기에 저렇게 익숙할 수 있단 말인가.

어두워지자 나는 실프의 능력을 이용해 소리를 차단하고 촌장의 집에 잠입했다.

마을을 방문한 일행을 함정에 빠뜨린 사람치고는 죄책감 하나 없이 여유작작한 촌장의 모습이 가증스러웠다.

"자, 자네…… 여, 여긴 어떻게……!"

"멋진 식사에 보답하려고 왔습니다."

"그, 그런가? 허허, 그럴 필요는……."

"자리나 하나 주시죠. 의자 더 없나요?"

"허허, 그러지. 아니, 그보다 뭔가 마실 거라도 가져오라 하겠네."

가져오라 하겠네.

마실 것 하나 남을 시키는 이 사소한 태도에서 많은 것을 알 수 있다. 이 마을에서 최고 권력자로 군림하고 있는 촌장의 모습 말이다.

고작해야 늙은이에게 이러한 권력이 어디서 나올까?

나는 이제 그게 뭔지 알고 있다.

"닥치고 앉아."

"……!"

내 말에 집밖으로 나서려는 촌장의 몸이 굳었다.

"닥치고 앉지 않으면 눈알을 뽑아버린다."

나는 다시 한 번 강하게 협박했다. 뭐, 이건 강천성에게 배운 표현이다.

다행히 촌장은 내가 정말 그럴 수 있는 사람이라고 여긴 모양이었다. 공포에 질린 채 순순히 자리에 앉는다. 나는 집을 둘러보다가 보이는 의자를 가져다가 맞은편에 앉았다.

"야밤에 경계를 서는 사람은 조금도 없고 순찰 도는 사람만 기껏해야 두 명. 이딴 마을이 어떻게 라이칸스로프의 영역에서 생존해 있는지, 그 이유는 뻔하지."

내가 말을 이었다.

"라이칸스로프와 상호협조적인 관계이거나, 라이칸스로프의 지배를 받거나 둘 중 하나지. 내 말이 틀려?"

"그, 그건……."

"대답 안 하면 손가락을 하나씩 잘라버리겠다."

"히익! 마, 맞습니다!"

"그렇다면 대체 어떤 식으로 라이칸스로프와 관계를 유지하고 있을까? 곰곰이 생각하며 나름대로 가설을 세워봤는데, 한번 들어봐."

그렇게 나는 말을 이어나갔다.

"이 마을은 영주의 폭정을 피해 도망친 사람들이라고 했지? 그 말은 진실이라고 생각돼. 그래야 말이 되거든. 무거운 세금을 피해 도망친 사람들이 이 마을에 계속 흘러 들어오고, 당신들은 그때마다 수면제를 먹인 뒤에 라이칸스로프에게 먹이로 갖다 바치고, 그 대가로 목숨을 부지한다."

"……!"

"아마 외지인을 이 마을로 불러들이는 호객꾼도 있겠지? 그렇게 해서라도 라이칸스로프들에게 식량을 바치지 않으면, 당신들이 식량이 되어야 하니까. 내 말이 틀려?"

"마, 맞습니다."

촌장은 떨리는 음성으로 말을 이었다.

"저희도 이런 짓을 하고 싶지 않았습니다. 여러분처럼 강했더라면 그 흉악한 라이칸스로프와 맞서 싸웠겠지요! 하지만 우리는 힘이 없어서……!"

촌장은 눈물을 글썽거리기 시작했다. 울분을 토하듯이 말을 이어나간다.

"얼마나 많은 마을 주민이 놈들의 식량이 되었는지! 모두를 위해 희생할 수밖에 없었던 가족과 이웃을 생각하면 저는……!"

듣다못해 내가 말했다.

"실프, 손가락 하나 잘라."

―냥!

스컥!

실프는 바람의 칼날로 촌장의 오른손 엄지를 잘랐다.

"으아아악!"

촌장은 엄지가 사라진 자기 오른손을 보더니 두 눈을 부릅뜨고 비명을 질렀다.

이 가증스런 늙은이의 비명은 집밖으로 새어 나가지 않았다. 실프를 시켜서 소리가 새는 걸 차단시켜 놓았기 때문이다.

"아아아악!"

촌장은 계속 소리를 꽥꽥 질렀다.

아픔을 핑계로 마을 사람을 불러들일 생각이다. 이 와중에도 그런 잔꾀라니, 헛웃음이 나왔다.

"닥쳐."

철썩!

뺨을 후려갈기자 촌장은 멍해졌다. 나처럼 젊은 놈에게 뺨을 맞자 믿을 수가 없다는 듯한 표정이었다.

"왜? 황당해?"

나는 촌장의 턱을 붙잡고 들어 올려 눈을 마주했다.

"이 마을에서 왕처럼 군림하며 살아왔는데 이런 처지가 될 줄은 몰랐지?"

"그, 그건……."

"댁 같은 야비한 늙은이가 어째서 다른 주민들을 턱으로 부리며 살 수 있는지 나는 알 것 같은데."

"……."

"2백 명이 넘는 이 마을에 50대를 넘긴 사람이라고는 촌장 당신밖에 없더군."

촌장의 두 눈이 부릅떠졌다.

정곡을 찔렀군.

난 냉소를 지었다.

"나이 든 사람은 라이칸스로프들에게 식량으로 바쳤겠지. 그리고 식량이 될 사람을 정하는 건 바로 촌장 당신이고. 라이칸스로프들에게 그런 권한을 받은 덕에 마을에서 지배자로 군림했고."

"누, 누군가는 해야 하는 일이었습니다. 제가 아니었으면 이 마을은……."

"그럼 어디 마을을 생각하는 당신의 희생정신을 시험해 볼까?"

나는 촌장의 멱살을 잡고 가까이 끌어당기며 말을 이었다.

"라이칸스로프들을 이 마을로 불러들였지? 난 촌장 당신을 이용해서 그놈들을 전부 죽일 거야. 근데 이 마을의 안위를 생각하면 우리에게 협조해서 라이칸스로프와 적대해서는 안 되지. 물론 난 협조하지 않으면 당신을 죽일 거고. 자, 어때? 숭고한 희생을 한번 보여주겠어?"

"그, 그게……."

촌장의 얼굴이 공포와 갈등으로 범벅되어 갔다.

나는 정말 촌장에게 모진 짓을 할 각오였다.

사람을 괴물 먹이로 갖다 바쳐 온 악질이니 못 죽일 것도 없다. 박고찬보다 백배는 더 악질적인 인간인 것이다.

하지만 그런 내 각오는 불필요했다.

"하, 하겠습니다. 뭐든 협조하겠습니다. 제가 무엇을 하면 됩니까?"

촌장의 대답에 나는 피식 웃었다.

'내 그럴 줄 알았지.'

마을을 방문한 외지인은 물론, 필요하면 같은 마을 주민까지 라이칸스로프들의 먹이로 갖다 바친 작자다.

이를테면 라이칸스로프들의 앞잡이인 것이다.

그런 인간에게 희생정신 같은 게 있을 리가 없었다.

"라이칸스로프들은 언제 이 마을에 오지?"

"오늘 밤입니다. 아마 곧 찾아오지 않을까 싶습니다."

"몇 마리나 오지?"

"보통은 두세 명씩 옵니다."

"마을 정문으로 들어오나?"

"예."

"라이칸스로프에 대해서 아는 대로 말해봐."

내 말에 촌장은 잠시 망설이더니 이내 설명을 시작했다.

"이 일대를 지배하는 라이칸스로프는 은빛 털을 가진 실버 씨족인데, 숫자가 지금은 백 마리가 넘는 것으로 알고 있습니다."

"백 마리?!"

나는 경악했다.

한국아레나연구소에서 말하길, 라이칸스로프 무리는 많아 봐야 수십 마리라고 했다.

그런데 백 마리라니?

"처음부터 그렇게 숫자가 많은 건 아니었습니다. 20년 전만 해도 20여 마리에 불과했지요."

연구소에서 제공해 준 자료에 따르면 라이칸스로프는 가족 단위로 모여 산다.

아버지가 우두머리가 되고 아내와 자식들이 모여서 집단이 된다. 아버지의 능력에 따라 아내는 여러 명이 되고 자식도 많아진다.

차지하고 있는 영역의 넓이에 따라 무리의 규모가 결정된다.

사냥으로 식량이 얼마나 모이냐에 따라 키울 수 있는 자식의 숫자가 결정되기 때문이다.

가족 단위로 집단을 이루고 수렵으로 생존하기 때문에 무리의 규모는 한정적일 수밖에 없다.

그런데 실버 씨족이라는 이 라이칸스로프들은 새로운 생존 방법으로 집단의 규모를 크게 번영시키는 데 성공했다.

'엄청난 혁명이다!'

나는 실버 씨족의 수장이 대단한 놈임을 깨달았다.

선사시대의 인류가 농업혁명으로 인구를 폭발적으로 증가한 것에 비유할 수 있었다.

놈들은 수렵에서 '목축' 으로 식량을 얻기 시작한 것이다!

목축.

끔찍한 표현이었다.

영역 내에 우연히 인간들이 흘러 들어오자 실버 씨족의 수장은 새로운 기회를 포착했다.

인간들이 마을을 형성하게 놔두고, 이 마을을 목장처럼 운영하며 정기적으로 식량을 공급받았다.

안정적으로 다량의 식량을 얻게 되자, 대폭 번식해서 백 마리나 되는 씨족 규모를 형성하는 데 성공했다.

20년 만에 집단 규모를 5배나 늘렸다는 것은 실버 씨족의 수장에게 큰 야심이 있다는 것을 의미했다. 야심을 이루기 위하여 씨족의 힘을 키우고 있는 것이다.

'이런 빌어먹을. 연구소의 판단이 잘못됐어. 차라리 트롤의 영역을 통과해야 했다고!'

일반 라이칸스로프 무리가 상대였다면 충분히 싸워 이길 만했을 것이다.

하지만 상대는 혁신을 일으켰을 정도로 똑똑한 우두머리가 지배하는 백 마리 라이칸스로프 집단!

차라리 트롤의 영역을 통과하는 편이 나았다.

아무리 트롤이 강해도 집단행동은 하지 않으니 어떻게든 피해 다니며 통과할 수 있었을 것이다.

'이렇게 되면 이 마을을 이용하지 않으면 절대로 이번 시험을 클리어할 수 없어!'

나는 어쩌면 좀 더 극단적인, 촌장이 해왔던 짓거리 못잖게 잔인한 판단을 해야 할지도 모르겠다.

*　　*　　*

그날 밤, 나는 촌장을 시켜서 마을 주민들이 집밖으로 나오지 못하게 조치했다.

그리고 팀원들과 함께 마을 거리로 나와 잠복했다. 라이칸스로프들이 마을에 오면 단숨에 처치해 버릴 생각이었다.

—냐앙!

잠시 후, 순찰을 다녀온 실프가 숫자 4를 그렸다.

라이칸스로프 4마리가 다가오고 있다는 뜻이었다.

나는 강천성에게 말했다.

"신호를 하면 먼저 나서서 놈들의 시선을 잠깐만 끄세요. 그 틈에 저격할 테니까요. 그리고 한 마리는 살려 보내야 해요."

"알았다."

마침내 마을에 라이칸스로프들이 나타났다. 놈들은 아무렇지 않게 당당히 정문으로 들어왔다.

이제부터가 시작이었다.

"자, 어서 가."

나는 촌장의 어깨를 쳤다.

"으으으……!"

촌장은 두려움에 질려 선뜻 나서지 못했다. 나는 촌장의 귓가에 대고 속삭였다.

"허튼수작 부리면 실프가 목을 잘라 버릴 거야."

"아, 알겠습니다."

"어서 가."

촌장은 울상이 된 채 나에게 떠밀려 나섰다.

촌장이 마을에 나타난 라이칸스로프들에게 다가갔다. 겁에 질렸던 촌장은 언제 그랬냐는 듯 고개를 조아리며 놈들을 맞이한다.

"아이고, 어서들 오십시오. 오시기만을 기다리고 있었습니다."

맞이하는 정도가 아니고 아주 영접을 하는군.

"그놈들은 어디에 있냐?"

라이칸스로프들 중 한 놈이 묻는다. 촌장은 우리의 숙소를 가리켰다.

"늘 그랬듯 수면제를 먹여 재워놓았습니다요. 그 녀석들, 조금도 의심하지 않고 곯아떨어지던뎁쇼."

"안내해라."

"예, 예. 따라오시죠."

촌장은 앞장서서 걷기 시작했다. 놀라운 연기력이었다. 저 연기력의 비결은 바로 뻔뻔함이리라. 지금껏 저런 식으로 같은 사람을 괴물들 먹이로 갖다 바쳐 왔다니 가증스럽다는 생각이 들었다.

"지금이에요."

내 말에 강천성은 고개를 끄덕이더니, 이윽고 달려나갔다.

동시에 나 또한 전투를 개시했다.

"무장."

소총 모신나강이 내 오른손에 나타났다. 나는 소총을 실프에게 건네주었다.

"엇?"

"뭐지?"

라이칸스로프들은 갑자기 달려드는 강천성을 보며 의아해했다. 식량저장고와 같은 이 마을에서 식량(인간)이 자신들에게 덤벼드니 이상한 것이었다.

하지만 그들은 곧 당황에 휩싸였다.

타앙!

긴 총성과 함께 한 마리의 머리통이 터진 것이다.

"허억!"

"아, 아니?!"

함께 온 동료 한 명이 영문도 모르고 즉사하자 당황한 라이칸스로프들.

"으히익! 사, 살려……!"

촌장은 자지러지는 비명을 지르며 달아났다.

그 틈을 놓치지 않고 강천성이 과감하게 날아들어 공중돌려차기를 날렸다.

파앗!

하지만 동작이 너무 큰 공격인 탓일까. 라이칸스로프들은 민첩하게 흩어져 피했다.

착지한 강천성은 곧바로 오른쪽에 있는 라이칸스로프에게 뛰어들었다.

"인간 따위가!"

화가 난 라이칸스로프가 흉악하게 길고 날카로운 손톱을 휘둘렀다.

강천성은 왼팔을 휘저어 그 공격을 차단했다. 동시에 오른손으로 오금을 낚아채 잡아당겼다. 그 절묘한 동작에 라이칸스로프는 균형을 잃고 벌렁 쓰러졌다.

상위 포지션을 점유한 강천성은 속사포처럼 두 주먹을 퍼부었다.

퍼퍼퍼퍼퍼퍼퍽—

놀라우리만치 빠른 속도의 연타로 라이칸스로프를 떡으로 만드는 강천성.

그사이에 실프는 볼트를 잡아당겨 탄피를 제거한 뒤 다시 사격을 했다.

타앙—

"커헝!"

이번에는 한 라이칸스로프가 심장을 적중당했다. 구멍 난 가슴을 부여잡은 채 멍한 얼굴로 죽는 모습이 인상적이었다.

이제 남은 것은 2마리뿐이었다. 아니,

우드득!

강천성의 주먹이 라이칸스로프의 목뼈를 부숴놓았다. 이제 한 마리뿐이었다.

"이, 이럴 수가! 우리를 속였구나!"

홀로 남은 라이칸스로프는 멀찍이 떨어져 있는 촌장을 노려보며 분노를 터뜨렸다. 촌장은 어찌할 바를 모르고 바들바들 떨었다.

"두고 보자! 네놈들을 모두 응징할 것이다!"

라이칸스로프는 뒤돌아 달아나기 시작했다.

"그냥 멀쩡히 돌려보내도 이상하지. 실프, 왼쪽 다리를 쏴버려."

—냥.

내 말에 실프는 가차 없이 방아쇠를 당겼다.

타아앙—

"깨앵!"

구슬픈 소리가 들리더니 절뚝거리며 달리는 라이칸스로프의 실루엣이 이내 어둠 속으로 사라졌다.

뭐, 라이칸스로프 4마리쯤은 낙승이었다. 더구나 정면승부도 아니고 우리의 일방적인 기습이었고 말이다.

그러나 이 승리에 크게 일조한 촌장은 잔뜩 울상이 된 얼굴이었다.

"이, 이제 우리 마을은 어찌해야……."

어쩌긴.

라이칸스로프들에게 찍힌 거지.

기습 공격에 일조한 촌장은 라이칸스로프가 남김없이 죽기를 바랐을 것이다. 그래야 자기가 협조했다는 것을 들키지 않을 테니 말이다.

하지만 나는 일부러 한 마리를 살려 보냈다. 이제 실버 씨족은 촌장이 우리와 협조해서 함정에 빠뜨렸다는 사실을 곧 알게 될 것이다.

이 마을은 실버 씨족의 적이 된 것이다.

난 촌장에게 다가가 말했다.

"이제 놈들은 오늘 사건을 이 마을이 우리와 함께 실버 씨족에 대항하기로 했다는 뜻으로 받아들일 거다."

"……."

"이제 당신들에게는 선택지가 없어. 우리와 함께 힘을 합쳐서 놈들과 싸워야 해."

"그런 말도 안 되는 소리를……!"

"방금 두 눈으로 똑똑히 보지 않았나? 우리가 얼마나 손쉽게 놈들을 물리치는지를 말이야."

"그, 그렇다고는 해도 실버 씨족은 백 마리가 넘습니다! 당신들이 아무리 강해도, 우리가 모두 힘을 모아 저항한데도 승산이 없단 말이오!"

"그래서? 이제 와서 놈들에게 다시 꼬리를 내리겠다고? 전부 오해고, 우리에게 협박을 당해서 어쩔 수가 없었다고 해명이라도 해보게?"

촌장은 꿀 먹은 벙어리가 되었다. 나는 차갑게 웃었다.

"물론 그렇게 빌면 마을은 계속 존속될지도 모르지만, 과연 촌장 당신이 목숨을 부지할 수 있을까?"

"……!"

"협박을 당했다고는 해도 동족을 죽이는 데 일조한 당신을 놈들이 살려주겠느냔 말이야. 내 생각엔 본보기 삼아 아주 끔찍하게 죽일 것 같은데?"

"그, 그럼 난 이제 어떡해야 한단 말입니까?"

"말했잖아. 우리와 함께 싸우자고. 당신은 목숨을 부지하기 위해서라도 라이칸스로프에게 대항하자고 마을 주민들을 필사적으로 설득해야 할걸?"

오랫동안 라이칸스로프의 지배를 받아온 마을 주민들은 이제 와서 무기를 들고 대항할 용기를 내지 못할 것이다.

하지만 주민들이 겁을 먹고 싸우지 않겠다고 하면 촌장은 죽은 목숨이다. 우리에게 협력한 대가를 치러야 하기 때문이다.

촌장은 자기 한 목숨을 부지하기 위해서라도 싸우자고 주민들을 선동해야 한다.

"실버 씨족의 수장은 굉장한 괴물입니다. 저, 정말로 이길 자신이 있는 겁니까?"

"내가 가진 무기를 보았지? 그거면 아무리 강한 놈도 한 방에 즉사야."

나는 자신 있게 말했다.

촌장은 떨리는 몸으로 고개를 끄덕였다.

"알겠습니다. 마을 주민들을 설득해서 싸우게 하겠습니다."

"잘 생각했어. 좋게 생각하자고. 가축처럼 놈들의 식량공급원으로 살던 비참한 삶에서 해방될 좋은 기회잖아?"

"......"

무거운 짐을 짊어지게 된 촌장은 고개를 숙인 채 힘없이 어디론가 사라졌다.

"형, 대단해요! 처음부터 이럴 계획이었어요?"

준호가 달려와 호들갑을 떨었다.

난 고개를 끄덕였다.

"촌장이 이기적인 인간이라 이용하기 쉬웠어."

아마 저런 성품 탓에 라이칸스로프들도 촌장을 앞잡이로 삼았을 테지.

"마을 주민들과 함께 싸우면 라이칸스로프에게 충분히 대항할 수 있을 거예요."

혜수도 기뻐했다.

하지만 나는 고개를 저었다.

"그건 안 돼."

"네?"

"잊었어? 제한 시간이 며칠 안 남았어. 우리의 시험은 라이칸스로프를 처치하는 게 아니라 숲에서 탈출하는 거야."

"아! 그럼 어쩌시려고요?"

그 물음에 나는 냉정한 어조로 대답했다.

"이 마을과 라이칸스로프를 싸움 붙이고, 그 틈에 우리는 달아나야지."

이것이 바로 나의 진정한 계획이었다.

7장

탈출

“지금이야말로 라이칸스로프들의 흉악한 지배로부터 벗어날 때다!”

촌장은 마을 주민을 모두 불러모아놓고 그야말로 열변을 토했다.

“가축을 키우듯이 우리를 식량으로 삼아온 놈들에게 언제까지 고개를 조아리며 살아갈 텐가!”

앞장서서 고개를 조아린 댁이 할 말은 아니지.

마을 주민들은 갑자기 투사로 돌변한 촌장의 태도에 당황한 기색이 역력했다.

“저, 촌장님. 갑자기 그런 말씀을 하시는 이유가 뭡니까?”

“우리도 좋아서 놈들에게 굴복하며 살아온 건 아니잖습니까. 우리가 무슨 수로 놈들과 싸워 이겨요?"

사내들이 당연한 의문을 제기했다.

촌장은 우리를 가리키며 말했다.

"바로 이분들이 계시기 때문이다!"

모두의 이목이 우리에게 쏠렸다.

혜수는 불편한 표정으로 고개를 푹 숙였다. 준호도 양심에 찔리는 눈치였다.

나의 진정한 계획을 들은 후로 두 사람은 내내 저런 눈치였다.

마을 주민들을 봉기시켜서 라이칸스로프와 싸우게 만들고, 우리는 함께 싸우는 척하다가 달아난다. 마을 주민 전부를 시간 벌기용 재물로 바치는 잔인한 계획이었다.

나도 안다.

촌장이 그동안 해온 짓보다 더 나쁜 짓이라는 것을.

촌장은 그래도 마을의 생존을 위해서 어쩔 수 없었다는 명분이라도 있지 않은가.

반면 나는 해방될 수 있다는 희망을 주고서 모두를 죽음으로 내몰기로 했다. 우리 네 사람의 생존을 위해서 말이다.

'어차피 마을 사람들 따위는 도움이 되지 않아.'

그동안 무력하게 지배만 받아온 사람들이다. 이런 이들과 힘을 합쳐 봐야 백 마리가 넘는 라이칸스로프를 이길 수 있을 리 없다. 게다가 실버 씨족의 수장이라는 그 우두머리 라이칸스로프는 굉장히 똑똑하고 강력한 리더 아닌가.

'그럴 바에는……!'

그럴 바에는 이들을 희생시켜서라도 우리가 이득을 취하는 게 낫다.

어차피 이런 마을은 사라져야 한다.

마을을 방문한 사람을 식량으로 바치고, 때로는 마을 주민들까지도 놈들에게 잡혀 먹히면서 희망 없이 살아가느니, 그냥 죽는 편이 낫다.

……라고 나는 애써 자위했다.

뭐, 어때?

이 마을에 죄 없는 사람이 어디 있어?

이 마을 주민들은 아무 죄 없는 약자가 아니다. 자기들 살자고 같은 사람을 괴물에게 바친 자들이다. 약함과 선함은 동의어가 아니다.

그러니 거꾸로 우리가 이들을 죽음으로 몰아넣어도 정당방위란 말이다!

"이 여행자분들께서 놈들을 물리쳐 주신다고 하셨다. 그 괴물 같은 실버 씨족의 수장도 문제없다고 하셨다! 나는 보았다. 마을에 나타난 라이칸스로프 4마리를 눈 깜짝할 사이에 처치한 믿기 어려운 위용을!"

내 속내를 아는지 모르는지 촌장은 강렬한 어조로 마을 주민들을 설득했다.

말도 안 된다, 우리가 어떻게 싸우느냐는 태도였던 마을 주민들이 촌장의 설득에 차츰 넘어갔다.

그들은 점차 기대를 품은 눈빛으로 우리를 바라보기 시작했다. 마치 우리가 해방과 자유를 가져다주리라고 믿는 눈빛들이었다.

주민들 중 한 사내가 문득 우리에게 물었다.

"정말로 우리를 위해 싸워주시는 겁니까?"

그 질문에 혜수와 준호가 움찔한다.

내가 나섰다.

"여러분을 위해 싸워준다? 그건 표현이 조금 이상하네요."

"예?"

"마치 우리가 여러분 대신 싸워주고 공짜로 해방을 얻어다 줄 것처럼 말씀하시잖습니까. 싸워주는 게 아니라, 함께 싸우는 겁니다."

싸운다는 말에 주민들은 다시 표정이 어두워졌다. 겁이 나는 것이다.

"여러분이 무기를 들고 라이칸스로프와 싸우지 않는다면, 우리 역시 싸울 이유가 없습니다. 우린 그냥 떠날 겁니다. 아마 여러분은 죽은 라이칸스로프에 대한 보복을 당할 테지요. 놈들은 이미 여러분이 우리와 손잡고 적대하기로 했다고 믿고 있을 테니까요."

"라이칸스로프들을 죽인 건 우리가 아니요!"

"당신들이 죽였잖아! 일이 이렇게 된 건 모두 당신들 책임이야!"

"맞아, 우린 죄가 없어!"

책임을 전가하려는 그들의 태도에 나는 코웃음을 쳤다.

"방금 죄가 없다고 하셨습니까? 우리의 음식에 수면제를 탄 건 죄가 아니고? 우리를 늑대 먹이로 바치려 한 작자들이 여기에 모두 모여 있는데도? 마음 같아서는 그 보복으로 당신들을 전부 죽여 버리고 떠날 수도 있습니다."

협박을 섞어서 강하게 말하니 주민들이 움찔했다.

공포로 길들여진 자들을 다루는 방법은 이런 방식뿐이다.

"싸울 건지 말 건지 선택하십시오. 싸우기 싫다면 우리는 그냥 이대로 떠날 테니까."

주민들은 서로를 바라보았다.

"싸워야지! 이분들이 우리와 함께 싸워준다고 하지 않은가. 다시는 이런 기회가 오지 않아!"

촌장들이 닦달한다.

여자들은 불안감에 휩싸여 있는데, 사내들이 하나둘 찬동하기 시작했다.

"싸, 싸우겠습니다."

"이렇게 된 이상 싸우는 수밖에 도리가 없지요."

"어차피 이렇게 계속 산다 해도 얼마 못 가 놈들의 먹이가 될 뿐이니까."

"먹이로 죽나, 자살을 하나, 싸우다 죽나 매한가지지."

촌장은 반색하며 나에게 말했다.

"보셨습니까? 우리는 싸우기로 결심했습니다."

"그럼 싸울 준비를 해야죠. 시간이 얼마 없어요. 다들 무기는 있습니까?"

"사냥용으로 쓰는 활이 조금 있고, 땔감 하는 데 쓰는 도끼도 몇 자루 있긴 합니다. 그 외의 무기는 전부 압수당해서……."

'그렇겠지.'

노예들이 무기를 갖고 있는 걸 허용할 리 없으니까.

"활과 화살을 최대한 많이 준비하고, 인원수에 맞춰서 나무를 뾰족하게 깎아서 창을 만드세요."

"알겠습니다. 다들 들었는가?"

"예!"

사내들이 분주하게 움직이기 시작했다.

나는 촌장에게 몇 가지 당부를 덧붙였다.

"싸울 수 있는 남자들을 네 개 조로 나눠서 교대로 목책 곳곳을 지키게 하세요. 놈들이 나타나면 소리를 질러서 알리게 하고요."

"아, 알겠습니다. 그런데 여러분은……?"

"우리는 일단 이 인근을 순찰하고 오겠습니다. 이 시체들도 처리하고요."

나는 죽은 라이칸스로프의 시체 세 구를 가리켰다.

"알겠습니다."

촌장은 아무 의심 없이 내 말을 믿었다.

나는 팀원들에게 손짓했다.

"가자. 준호랑 강천성은 시체를 하나씩 드세요."

"예, 형."

"알겠다."

나와 준호, 강천성은 라이칸스로프의 시체를 한 구씩 어깨에 짊어졌다. 혜수도 뒤따르면서, 우리는 함께 마을 밖으로 나섰다.

"형, 시체는 왜 갖고 나온 거예요?"

"일단은 마정을 채취해야지."

"아……."

"또 시체는 따로 쓸데가 있으니까 일단은 마정부터 채취하자."

나는 실프를 시켜서 라이칸스로프의 시체 속에서 마정을 꺼내게 했다. 마정 세 개는 혜수가 아이템백에 넣어두었다.

나는 주변을 둘러보다가 넝쿨을 몇 줄기 잘라왔다.

넝쿨로 올가미를 만들어서 라이칸스로프의 목에 걸고 나무에 매달았다. 나무에 매달려 있는 라이칸스로프 시체 세 구.

실버 씨족 놈들을 도발하기에 충분한 장치였다.

"형, 이건……."

"도발이야. 이걸 보면 크게 분노할 거야. 그리고서 마을 주민들이 무기를 들고 싸울 태세를 갖춰놓은 걸 보면 어떨 것 같아?"

"……공격하겠죠?"

"그래, 대화의 여지를 없애야 해. 양측이 무조건 싸우게 만들어야 돼."

라이칸스로프들에게 이 마을은 중요한 식량 공급원이었다.

마을 주민을 전부 죽이면 놈들 입장에서도 큰 손해였다.

놈들은 일단은 싸우지 않고 굴복시키려 할 것이다. 말로써 협박을 하며 회유하려 들지도 몰랐다. 물론 그 협박은 마을 주민들에게 아주 잘 통할 테고 말이다.

하지만 나무에 목 매달린 자신들의 동족을 본다면 어떨까?

대화의 여지가 없다고 판단할 것이다. 곧장 공격을 할 테고, 마을 주민들도 공격을 받으면 저항하겠지.

그렇게 서로 싸우는 사이에 우리는 최대한 멀리 도망친다.

'그러면 된 거야.'

시험을 클리어하는 것보다 더 중요한 일은 없으니까.

"이제 가자. 시간이 없어."

"네……."

혜수는 유독 대답이 약했다. 죄책감을 느끼는 그녀를 보니 나도 마음이 편치가 않았다.

하지만 난 내가 옳다고 확신했다. 이것만이 시험을 클리어하는 방법이다.

우리는 서쪽으로 이동했다.

* * *

"그래서 너만 살아 돌아왔다?"

"예, 아버님! 그 촌장 늙은이가 우리를 속였습니다!"

마을로 보낸 형제들이 모두 죽고 한 명만 다리를 절뚝거리며 돌아왔다.

마을의 인간들이 감히 반란을 일으켰다는 소식이 전해지자 실버 씨족은 분노했다.

"놈들을 전부 죽여 버려야 합니다!"

"감히 형제들을 죽이다니! 인간 놈들이 단체로 미친 거야!"

"아주 끔찍하게 죽여야 해!"

라이칸스로프들이 으르렁거리며 성토했다. 살육을 즐기는 라이칸스로프의 야성이 자극받은 모습이었다.

그러나 아버지는 냉정을 유지하고 있었다.

가만히 생각에 잠겨 있더니, 살아 돌아온 아들에게 묻는다.

"넌 살았군?"

"예, 다행히 다리를 맞아서 도망칠 수 있었습니다."

"그 인간 놈들의 무기는 어떻더냐?"

"헬기의 말대로 타앙 하는 큰 소리와 함께 무언가가 보이지도 않을 정도로 빠르게 날아와 몸에 들어박혔습니다. 소리와 동시에 형제들이 죽었습니다."

"넌 용케 살았군?"

"운이 좋았습니다."

아버지는 냉정하게 아들을 바라보았다. 그리고는 피식 웃었다.

"아닌 것 같은데?"

"예?"

"내가 보기에는 놈들이 널 그냥 살려 보낸 거야."

"……?"

영문을 몰라 하는 아들을 무시하고 아버지는 자리에서 일어섰다.

언덕에 모인 모든 라이칸스로프에게 말했다.

"모두 싸울 준비를 해라. 날이 밝기 전에 이 싸움을 끝낼 것이다."

라이칸스로프들은 희열과 흥분을 느꼈다. 싸움이라는 단어는 언제나 그들의 피를 들끓게 했다.

"아우우우—!"

"우우우—!!"

깊은 밤, 언덕 위에서 라이칸스로프들의 울음소리가 밤하늘에 음산하게 울려 퍼졌다.

아버지는 헬기에게 손짓했다.

헬기가 신속하게 다가왔다.

"예, 아버님."

"네가 모두를 데리고 마을을 공격해라."

"제가요? 그럼 아버님은……."

"난 따로 확인할 일이 있다."

그렇게만 말하며 빙글거리며 웃는 아버지였다.

*　　*　　*

마을의 사내들은 나무로 깎아 만든 창을 들고 싸울 차비를 마쳤다.

모두들 비장한 각오였다.

살인적인 세금에 시달리다 못해 도망쳐 온 사람들이었다. 그런데 영주의 폭정을 피해 숲에 숨어들고 나니, 더 무서운 지배자가 기다리고 있었다.

라이칸스로프들은 돈이나 곡식이 아닌 사람 목숨을 징수했다.

모두가 언젠간 자신도 늑대 밥이 될 운명이라는 압박감에 시달리며 살았다. 차라리 영주의 폭정이 그리울 정도로 비참한 삶이었다.

견디다 못해 이 숲에서 탈출하려는 이들도 더러 있었지만, 결국은 다음 날 잘린 머리만 마을에 전시되곤 했다.

살아도 사는 게 아니었다.

하지만 이제 그런 삶도 오늘로서 끝이었다.

일단 싸우기로 결심하자 공포에 지배당했던 마을 주민들의 울분이 폭발했다. 이전으로 돌아가느니 차라리 죽든 살든 끝장을 보겠다는 각오였다.

그때였다.

우우우우―!!

크오오오오!

라이칸스로프들의 포효가 쩌렁쩌렁하게 울려 퍼졌다. 마을 주민들은 혼비백산했다.

"노, 놈들이야!"

"벌써 여기까지 왔어!"

"모두 집합해! 싸워야 돼!"

주민들은 오랫동안 라이칸스로프를 보며 살아왔기에 잘 알고 있었다. 지금 저 포효가 엄청난 분노를 담고 있다는 것을 말이다.

"그런데 그 사람들은 어디로 간 거야?"

누군가가 의문을 제기했다.

사내들은 서로를 둘러보며 의아해하다가 촌장을 바라보았다.

"그, 그 사람들은 순찰을 하겠다면서 떠났는데……."

촌장의 얼굴에도 당혹이 어렸다.

순찰을 간 자들이 왜 지척에 라이칸스로프들이 나타났는데도 보이지 않는단 말인가?

*　　*　　*

강행군이었다.

나는 최대한 빠른 걸음으로 팀원들을 이끌었다.

'시간이 없어.'

내가 라이칸스로프의 우두머리라면, 최대한 빨리 마을의 반란을 진압할 것이다. 마을 주민들이 제대로 싸울 준비를 갖출 시간을 줄 필요가 없기 때문이다.

다행인 점은 놈들이 마을을 섣불리 공격하지 않을 거라는 사실이다.

놈들은 우리가 마을 주민들과 함께 있는 줄 알 것이다.

우리가 가진 소총의 위력을 두려워 함부로 덤비지 못하고 조심스럽게 행동할 터였다.

싸움은 길수록 좋다.

그럴수록 우리는 달아날 시간이 생긴다.

'지금쯤 마을 사람들이 우리가 도망쳤다는 것을 알아차렸을까?'

잔머리가 잘 돌아가는 촌장이라면 눈치챘을 것이다.

하지만 소용없다.

이미 주사위는 던져졌고, 그들은 우리가 없어도 싸우는 수밖에 도리가 없다. 이제 와서 항복해도 라이칸스로프들이 용서한다는 보장이 없는 것이다.

나이가 들면 잡아먹힌다.

그런 운명을 짊어진 채 살아갈 수 있을까? 나는 그런 미래 없는 비참한 삶을 살아갈 자신이 없다.

주민들의 심정이 바로 그러할 것이다.

그들에게 필요했던 건 그 울분의 화약고를 폭발시켜 줄 불씨였다. 이제 폭발했고, 그들은 자포자기로 싸우겠지.

수백 명의 목숨이 나로 인해 죽게 되었다는 사실이 무겁게 내 마음을 짓누른다.

"역시 제 눈은 틀리지 않았어요. 제가 말씀드렸었죠? 시험자 김현호는 충분히 그럴 수 있는 사람이라고요."

문득 뇌리를 스치는 아기 천사의 말.

"매 순간순간의 판단과 실행이 아주 과감하고 냉정했어요. 어떤 평범한 사람이 시험자 김현호처럼 할 수 있을까요? 이제 자신이 평범한 사람이 아니라는 것을, 아주 특별한 인간이라는 것을 자각하셨나요?"

"빌어먹을……."

나는 무심코 욕지거리를 입 밖에 내뱉었다.

"무슨 일이에요?"

준호가 놀라 물었다. 혜수와 강천성도 나를 바라보고 있었다.

"다들 내가 잘못했다고 생각해?"

나는 그렇게 물었다.

"마을 사람들을 희생시키는 것 말고 다른 방법이 있었을까?"

"……."

분위기가 숙연해졌다.

"넌 옳았다."

그렇게 말한 건 강천성이었다.

"그 마을 인간들은 약자일지언정 착한 자들은 아니야. 네가 촌장의 음모를 눈치채지 않았더라면 우리가 어떤 꼴을 당했을

지는 명확하지."

"……."

"그들은 자기들이 살고자 우리를 죽이려 했다. 그들이 사람으로서의 최소한의 도의(道義)보다 생존을 보다 우선시했으니, 우리도 똑같은 판단을 했을 뿐이다. 그들이 우리에게 호의로서 다가왔다면 우리도 이런 선택을 내리지 못했겠지."

"……그럴까요?"

"그래, 그러니 더는 마음 쓰지 마라."

준호와 혜수도 한마디씩 했다.

"저도 형이 옳았다고 생각해요."

"저도 오빠가 잘못됐다고 생각한 건 아니에요. 그냥…… 이런 결정을 내려야 하는 이 상황이 너무 가혹하게 여겨졌을 뿐이에요."

"이해해. 나도 좋아서 내린 결정이 아니니까. 자, 가자."

나는 계속해서 걸음을 옮겼다. 팀원들도 뒤따랐다.

그들이 우리에게 호의로서 다가왔다면 우리도 이런 선택을 내리지 못했을 거라고 강천성은 말했다.

……정말 못했을까?

착한 사람들이라 할지라도 나는 그들을 이용할 생각을 하지 않았을까?

이제는 장담할 수가 없었다.

나 자신이 어떤 인간인지, 시험이 내 마음을 어떻게 바꿔놓고 있는지 알 수 없었다.

더 시간이 흐르고, 더 많은 시험을 겪으면, 그때는 이런 고뇌조차도 하지 않게 되리라. 감정이 점점 마모되어 메마르게 될지도 모르지.

그런 인간이 된 후에도 나는 계속 웃으며 내 가족들을 볼 수 있을까?

'모르겠다.'

이런 생각은 그만하자.

일단은 살고 봐야지.

우리는 하염없이 걸었다. 서로 아무 말도 없이 그저 걷기만 했다.

그러다가 결국은 먼저 지친 혜수가 말을 했다.

"쉬었다 가요."

"아, 미안. 그러고 보니 한 번도 쉬지 않았네. 발은 괜찮아?"

"큰 문제는 없는데 물집이 터져서 조금 불편해요. 잠깐 치료를 할게요."

"그래."

우리는 잠시 휴식을 취했다.

혜수는 신발과 양말을 벗었다. 그녀의 조막만 한 발은 물집이 터져서 엉망이었다.

다행히 우리는 아주 좋은 치료제가 있었다. 19회차 유지수 팀에게 선물받은 힐링포션이었다.

혜수는 힐링포션의 마개를 열고 아주 조금 발에 붓고 연고처럼 골고루 발랐다. 그러자 놀랍게도 물집 터진 상처가 빠른 속도로 아물었다.

나도 준호도 눈이 휘둥그레진 채 그것을 바라보았다.

"우와, 진짜 효과 직방이네요."

"그러게."

저 정도면 큰 상처도 곧장 치료할 수 있을 것 같았다.

상처를 모두 치료한 뒤에 혜수는 양말과 신발을 다시 신었다.

나는 실프를 소환했다.

"실프, 정찰 좀 부탁해."

—냐앙.

실프는 곧장 어디론가 날아갔다.

그런데 평소보다 빨리 돌아온 실프가 날카롭게 소리쳤다.

—냐앙!

우리는 놀라서 벌떡 일어섰다.

"적이니?"

고개를 끄덕인 실프는 빠르게 움직여 온몸으로 숫자를 그렸다.

숫자는 '1' 이었다.

"한 마리?"

—냥.

고개를 끄덕이는 실프.

"라이칸스로프니?"

혹시나 싶어 물으니 이번에도 실프는 고개를 끄덕였다.

고작 한 마리가 우리 뒤를 쫓아오다니. 대체 무슨 생각일까? 우리한테 죽은 라이칸스로프 숫자가 13마리나 된다는 것을 망각했단 말인가?

"거리는?"

실프는 숫자 272를 그렸다.

'좋아. 총으로 한 방이군.'

"무장."

모신나강이 내 오른손에 나타났다. 주머니에 넣어둔 총알을 꺼내 장전하고 실프에게 주었다.

"바로 잡아버리자."

—냥.

고개를 끄덕인 실프는 곧장 사격 자세를 취한 뒤에 방아쇠를 당겼다.

타앙—

길게 울리는 총성.

"잡았니?"

실프는 고개를 저었다.

나는 의아해졌다.

실프가 사격했는데 한 방에 잡지 못하다니? 실프가 실수했을 리는 없는데 말이다.

"잡을 때까지 계속 쏴."

—냥.

그때부터 실프는 4발을 연거푸 사격했다.

내장된 탄창에 든 5발을 전부 쏘자 실프는 곤란한 얼굴로 날 바라보았다.

난 5발들이 탄 클립을 건네주었다.

빠르게 재장전한 실프는 다시 사격을 시작했다.

타앙, 철컥, 타앙, 철컥.

계속 쏘는 실프.

이렇게나 쐈는데도 고작 한 마리를 잡지 못했다?

나는 혹시나 싶어서 물었다.

"놈이 방패 같은 것을 들고 있니?"

실프는 고개를 끄덕였다.

'그럴 줄 알았다.'

전에 한 마리가 동료의 시체를 방패 삼아서 달아난 적이 있었다. 그 경험담을 듣고 비슷한 방법을 택한 듯했다.

"다들 전부 준비. 뭔가 심상치 않아."

"예, 형."

"알겠어요."

준호도 혜수도 각자 무기를 꺼냈다.

그런데 그때였다.

—냐아아아!

실프가 앙칼지게 소리를 질렀다. 무언가를 경고하는 듯했다. 그 소리에 깜짝 놀랐을 때, 무언가가 섬광처럼 빠르게 날아왔다.

쉬익— 콰직!

"끄헉!"

섬뜩한 타격음과 함께 단말마의 신음이 울려 퍼졌다.

준호의 목소리였다.

"꺄아악! 준호야!"

혜수가 비명을 지른다.

대체 무슨 일이 벌어진 걸까. 나는 뒤를 돌아보았다.

'……?!'

나는 너무도 놀라 아무 말도 할 수 없었다.

준호의 가슴에 화살이 꽂혀 있었다. 심장에 아주 깊숙하게.

준호는 그저 눈을 크게 뜬 채로 아무 미동도 없이 죽어 있었다.

그냥 죽어 있었다.

방금 전까지만 해도 살아 있었던 준호가 말이다.

"실프! 날아오는 화살을 전부 차단해!"

—냥!

실프가 대답했다.

그러나 너무 뒤늦은 조치였다. 이미 준호는 죽었다.

'좀 더 일찍 알았으면 좋았을 것을!'

스스로에게 화가 났다.

방패를 사용하고 있고, 인간과 동등한 지능을 가졌다. 그렇다면 무기도 사용할지도 모른다는 생각을 했어야 했다.

실프에게도 원망이 들었다.

왜 그 사실을 가르쳐 주지 않은 거야! 왜 경고만 하고 준호에게 날아드는 화살을 막지 않은 거야!

말도 하지 못하고 명령 없이는 어떤 것도 능동적으로 하지 않는 정령의 한계였다.

이윽고 준호의 방패와 단창이 사라져 버렸다. 주인이 죽자 아이템들도 소멸된 것이었다.

—냐앙.

실프가 나직이 경고했다.

쉬익—

또다시 날아드는 화살.

이번에는 실프가 바람의 칼날을 쏘아서 화살을 부숴 버렸다.

파직!

화살은 여러 조각으로 썰린 채 땅에 흩어졌다. 날 노린 화살이었다.

"네가 정령사로군."

전방 어딘가에서 중후한 남자의 음성이 울려 퍼졌다.

라이칸스로프였다.

놈이 계속 말했다.

"호오, 정령이 들고 있는 물건이 바로 그 문제의 무기로군."

"……."

"길쭉한 모양에 구멍이 나 있는 형태라……. 아마도 그 구멍에서 쇠붙이가 발사되는 모양이지? 그럼 그 구멍이 향하는 방향만 피하면 되겠군."

놀라운 관찰력과 판단력이었다.

"그 무기는 하나밖에 없나 보군. 그럼 너무 쉬운데?"

"……."

"우리 실버 씨족도 그렇고 라이칸스로프들은 너무 인간을 무시해. 그래서 인간들이 만든 물건도 잘 사용하지 않아. 하지만 잘만 활용하면 아주 효과가 좋지. 지금처럼 말이야."

범상치 않은 놈이었다.

나는 혹시나 싶어서 물었다.

"네가 라이칸스로프의 우두머리냐?"

놈이 답했다.

"그렇다."

역시나!

저 신중함…….

인간의 물건을 활용할 줄 아는 유연한 사고.

놈이 바로 '목축'을 도입해서 실버 씨족의 규모를 5배로 늘려 버린 수장이었다.

대화는 거기서 중단되었다.

어디엔가 숨어 있는 상대는 아무 말이 없었고, 우리 역시 그대로 다음 공격에 대비할 뿐이었다.

쉬익—

또다시 날아오는 화살. 그때마다 실프는 바람의 칼날로 화살을 처리했다.

적극적으로 공격해 오지 않는 실버 씨족 수장의 태도는 어딘가 이상했다. 마치 시간은 자신의 편이니 급할 게 없다는 듯이…….

'가만, 시간?'

시간!

그제야 나는 실버 씨족 수장의 의도를 알아차렸다.

놈은 정령술에 대해 알고 있었다. 정령을 소환하는 시간이 제한되어 있다는 것을 아주 잘 알고 있었다.

실프의 소환 시간이 끝나기를 기다리고 있는 것이다!

"실프, 놈이 어디에 있니?"

실프는 앞발로 1시 방향을 가리켰다.

"거리는?"

이번에는 꼬리로 숫자 16을 땅에 적었다.

16미터.

가까운 거리다.

그럼 지금 당장 놈을 공격해서 승부를 보는 게 상책이었다. 시간을 끌면 소환 시간에 제한이 있는 우리 쪽이 불리했다.

그런데, 실프가 땅에 다시 숫자를 적었다.

32.

그리고 그 숫자를 지우고 다시 고쳐 적는다.

59.

나는 놀라서 물었다.

"놈이 물러났니?"

─냥!

실프는 고개를 끄덕였다.

나는 오싹함을 느꼈다.

상대는 정령의 공격을 받지 않도록 멀찍이 물러난 것이다.

정령이 소환자와 멀리 떨어질수록 발휘하는 힘이 약해진다는 사실까지 상대는 정확하게 알고 있었다.

적당히 먼 거리를 유지한 채 장기전을 펼치겠다는 의도가 아주 분명했다.

내가 소환 시간을 아끼기 위해 실프를 돌려보내면, 놈이 다시 접근해서 화살을 쏴도 알지 못한다.

난 수시로 실프를 소환해야 하고, 소환 시간을 소모해야 한다.

'상대가 너무 똑똑하다.'

심장이 쿵쾅거린다.

두려움이 치밀었다.

강한데다가 똑똑하기까지 한 괴물을 무슨 수로 이겨야 할까?

이 상황을 어떻게 타개해야 할지 감이 안 잡힌다.

하지만 일단은 움직여야 했다.

"가죠. 도망쳐야 해요."

"놈은?"

강천성이 물었다.

"천천히 장기전을 벌일 생각일 거예요. 시간이 흐를수록 우리가 불리해져요. 어서 숲에서 벗어나는 수밖에 도리가 없어요."

"알겠다."

"오빠……. 준호는 어떡해요……."

혜수는 울먹거리며 물었다.

가슴에 화살이 꽂힌 채 죽어 있는 준호를 보니 가슴이 찢어질 것 같았다. 금방이라도 일어나 '형' 이라고 부를 것만 같은데.

"……가자. 가야 돼."

나는 앞장서서 걸었고, 혜수가 울먹거리며 따랐다.

강천성은 맨 뒤에서 걸으며 후방을 경계했다.

정령을 소환해제하고 시간이 지나면 소환 시간이 회복된다.

회복 속도는 5분에 1분씩.

때문에 나는 보통 5분마다 한 번씩 실프를 소환해서 1분간 정찰을 시키고 돌려보내곤 한다.

5분마다 소환했다가 다시 돌려보내기를 반복해야 하는 불편함이 있지만, 전투 시를 대비해서 소환 시간을 유지할 수 있다.

하지만 지금은 상황이 많이 달라졌다.

실버 씨족의 수장이 언제 접근해서 우리의 뒤통수에 화살을 꽂을지 모르는 상황이었다.

실프 없이 5분이나 있을 수는 없었다. 때문에 나는 소환 주기를 5분에서 25초로 바꾸었다.

25초마다 실프를 소환해서 질문한다.

"놈은 어디에 있니?"

그러면 실프는 놈이 몇 미터 거리에 있는지 숫자를 적어준다.

나는 5초가 되기 전에 실프를 재빨리 돌려보내고, 25초 후에 다시 실프를 소환해서 같은 질문을 한다.

실버 수장은 때로는 100미터 바깥에 있다가도 다시 확인하면 60미터까지 접근하는 등 수시로 거리를 좁혔다 벌렸다 하며 우리를 불안하게 만들었다.

나는 계속 초를 세며 도망쳐야 하는 피 말리는 상황에 처해 있었다.

1초, 2초, 3초, 4초…….

끊임없이 시간의 흐름을 헤아려야 하는 이 상황에 나는 돌아버릴 것만 같았다. 하지만 이렇게까지 해서라도 소환 시간을 아끼지 않으면 당하고 만다.

'이러다 내가 먼저 지치고 만다.'

계속 쉴 새 없이 25초를 헤아리며 도주해야 하는 입장은 정말 괴롭다.

그보다 더 큰 문제는 우리의 체력이었다.

'반나절을 훌쩍 넘기는 장기전을 생각하고 있을 거야.'

반나절간 쉬지 않고 달아날 수가 있을까?

물론 가능하다.

하지만 뒤에 추적자를 달고 있다면 얘기가 달라진다.

수시로 거리를 좁혔다 떨어뜨렸다 반복하며 우리를 바짝 긴

장하게 만든다. 간혹 화살도 날려서 동요를 일으킨다. 달아나는 먹잇감과의 심리전에 도가 튼 놈이었다.

우리는 정신적으로 지쳐갔다.

나도 문제였지만 혜수가 더 힘들어했다. 약한 체력과 준호의 죽음으로 인한 정신적 충격이 맞물려서 쉽게 지쳐 버렸다.

'안 되겠다.'

어떻게든 승부를 봐야겠다.

놈이 아무리 똑똑하고 강한들, 머리에 총 맞으면 죽는 건 매한가지다.

나는 실프에게 지시했다.

"실프, 총을 가지고 놈의 뒤로 돌아가서 저격해."

—냥!

소환자인 나에게서 떨어질수록 발휘하는 힘도 약해지지만, 소총 방아쇠 당길 힘쯤은 발휘할 수 있을 터였다.

실프는 모신나강을 들고 움직였다. 잠시 후,

타앙— 까앙!

총성과 금속성이 동시에 거의 울려 퍼졌다.

실패였다.

놈이 방패로 막았다.

타앙— 탕— 탕—

계속해서 총성이 울려 퍼졌지만 방패에 가로막힌 소음만 울려 퍼질 뿐이었다. 잠시 후, 다섯 발을 전부 쏜 실프가 돌아왔다.

'어떻게 어느 방향에서 총을 쏘는지 안 거지?'

초음속으로 날아드는 총알을 알아차리고 막는 건 불가능했다. 쏘기 전에 눈치챘다는 뜻이었다.

혹시 정령의 기척을 감지할 수 있는 어떤 초감각이라도 있는 걸까?

모르겠다.

정신적으로 너무 지쳐 있어서 머리가 잘 돌아가지 않았다.

그 뒤로도 나는 몇 차례나 더 저격을 시도했지만 모두 실패로 돌아갔다. 소환 시간만 소모했을 뿐이었다.

어느덧 동이 터 오르기 시작했다.

"오빠……."

혜수가 지친 얼굴로 나를 불렀다. 그녀는 나에게 아이템백을 내밀었다.

"이거 오빠가 가지세요."

"뭐?"

놀란 나에게 혜수는 힘없이 웃으며 말했다.

"만약을 대비해서예요."

만약…….

혜수는 아마 우리 셋 중에 자신이 가장 먼저 죽을 거라고 예감한 모양이었다.

"그런 생각 하지 마."

"어서 받으세요."

"혜수야……."

"팔 아파요."

결국 난 혜수에게서 아이템백을 건네받았다.

"시험 끝나고 돌려줄게."

"네, 시험 끝나면요."

그렇게 아이템백을 건네받은 나는 '해제'라고 말했다. 그러자 아이템백이 사라졌다. 아이템백이 내 소유가 된 것이었다.

혜수는 빠르게 지쳐갔다.

숨 막히는 긴장감 속에서 쉬지 않고 걷는 것이 그녀에게는 너무 가혹했던 것이다. 나도 힘들어 죽겠으니 혜수는 말할 필요도 없었다.

심장을 옥죄는 압박감…….

혜수까지 죽게 할 수는 없다는 의무감이 나를 더욱 조급하게 했다.

나는 다시 한 번 실프를 소환했다.

"실프, 다시 한 번 놈을 저격해. 이번엔 오른쪽에서."

—냥!

실프는 소총을 들고 오른쪽으로 이동했다.

이번에는 성공해라!

하지만 이번에도 저격은 실패였다.

타앙— 까앙!

총알이 방패를 때리는 소리가 절망스럽게 울려 퍼졌다. 다섯 발이 연거푸 놈의 방패에 가로막혔다.

그런데 그 직후였다.

—냐아앙!

빠르게 되돌아온 실프가 앙칼지게 소리쳐 경고했다.

'설마?!'

그 설마였다.

쉬익—

화살이 날아들었다. 놈이 가까이 접근해서 반격에 나선 것이었다.

다행히 화살은 실프의 바람의 칼날에 막혔다. 화살이 날아오면 막으라고 미리 지시해 둔 명령을 이행한 것이었다.

화살은 연거푸 날아들었다.

그때마다 바람의 칼날로 화살을 잘라 버렸다.

하지만 바람의 칼날은 힘의 소모가 컸다. 쓰면 쓸수록 소환 시간이 줄어든다!

"실프, 어서 재장전해!"

나는 총알 5발이 꼽힌 탄 클립을 건네주며 소리쳤다.

실프는 계속해서 바람의 칼날로 화살을 쳐내면서 총알을 재장전 했다.

그러자 거짓말처럼 화살 공격이 중단되었다.

실프는 꼬리로 땅에 숫자 43을 적었다. 58, 75……. 놈은 물러났다.

'이럴 수가.'

다친 사람은 없었지만 엄청난 피해를 입었다. 방금 화살 세례를 막느라 실프의 소환 시간을 대폭 소모하고 만 것이었다.

실버 씨족의 수장은 굉장히 똑똑했다. 너무나 똑똑해서 오싹할 지경이었다.

"5발을 쏠 때마다 재장전해야 한다는 것을 알아차렸어요. 그래서 5발을 막자마자 과감하게 반격해 온 거예요."

내 말에 강천성은 나직이 신음했다.

소총에 대한 개념도 모르는 라이칸스로프가 이 약점을 알아차렸다니 기막힐 노릇이었다.

"다친 사람은 없죠?"

내 물음에 강천성은 고개를 끄덕였다.

다만 혜수는 상태가 안 좋았다. 다친 곳은 없었지만 양손으로 장검을 꼭 쥔 채 부들부들 떨고 있었다.

"이젠 싫어…… 흐흐흑!"

혜수는 장검을 놓치고 울음을 터뜨렸다. 공포와 피로에 질려 패닉에 빠진 것이었다.

"혜수야. 힘들어도 견뎌내야 돼."

혜수는 주저앉아 울음을 터뜨렸다.

"미안해요, 오빠. 전 이제 안 되겠어요. 힘들어서 걷기가 힘들어요."

"조금만 더 참자, 혜수야."

"그냥 저를 두고 가세요. 전 안 되겠어요. 이제 지쳤어요!"

"자꾸 그딴 소리 할래!"

나는 버럭 화를 냈다.

"미안해요, 오빠……."

울음을 터뜨리는 혜수.
보고 있던 강천성이 말했다.
"쉬었다 가지. 너무 지쳤어."
"……네. 그게 좋겠어요."
우리는 그 자리에서 주저앉아 휴식을 취했다.
하지만 우리는 단 1분도 쉴 수가 없었다. 놈의 목소리가 들려왔기 때문이었다.
"이제 지쳤나 보군?"
"……?!"
상당히 가까운 곳에서 들리는 목소리였다.
우리는 놀라 벌떡 일어났다.
"정령술의 힘도 거의 소진했겠지?"
"시험해 보시지?"
정확한 지적이었지만 나는 그 사실을 들키지 않기 위해 지지 않고 대꾸했다.
하지만 놈의 웃음소리가 울려 퍼졌다.
"나는 못 속여. 무리하게 자꾸 승부를 걸어오는 것을 보고 이미 눈치챘으니까."
"그러니까 시험해 보라고."
"흐흐흐. 재미있는 인간이야. 내가 본 인간 중에서 가장 똑똑하고 정신력이 강해."
"……"
"마을의 인간들을 전부 미끼로 던져놓고 도주할 생각을 하다니, 훌륭해. 혹시나 해서 살펴봤더니 정말로 짐작대로더군. 오랜만에 재미있는 사냥이 되겠다 싶었어."

사냥…….

놈이게는 이게 재미있는 사냥놀이에 불과한 거였다.

나는 으드득 갈았다.

"마을에서 간혹 도망치는 인간이 있지. 그때마다 나는 이렇게 사냥을 하지. 시간을 들여서 천천히. 화살을 쏴서 겁을 주면서 천천히 피를 말리는 거야. 두려움과 압박감을 이기지 못하고 무너질 때까지 말이야."

놈은 나직이 웃었다.

"상상이 가나? 내가 모습을 드러내니까 도리어 안심하더군. 어서 죽여 달라고, 이만 끝내달라고 애걸하는 듯한 얼굴이었어. 공포가 살고 싶은 욕망을 넘어선 순간의 그 모습을 보면서 나는 성취감을 느끼지."

정말 악랄한 놈이다.

똑똑한데다가 사악한 악의마저 겸비했다. 인간의 심리를 가지고 노는 유희를 자주 즐겨온 놈이다.

그런 놈이기에 인간을 가축처럼 목축할 발상을 했겠지.

"자부심을 가져도 좋아. 지금껏 이 게임을 즐겼지만, 그중에서 너희처럼 오래 버틴 인간은 없었다. 생각 같아서는 더 즐기고 싶지만, 이만 끝내주지. 결말을 내주겠다."

나는 실프에게서 총을 건네받았다.

가까운 거리에서는 총보다 바람의 칼날이 더 효과적이었다.

정면의 수풀이 부스럭거리면서 한 인영이 모습을 드러냈다.
마침내 처음으로 우리 눈앞에 모습을 드러낸 놈은 사람의 모습이었다.
장신의 키에 빛나는 은발을 가진 미남자였다. 저것이 인간으로 변신한 모습인 듯했다.
한 손에는 방패를, 다른 손에는 활을 들고 있었다.
"소개하지, 실버 씨족의 수장 레온 실버라고 한다."
레온 실버의 모습이 점점 변화하기 시작했다.
온몸에 털이 돋아나고 체격이 커졌다. 손톱이 길쭉하게 돋아난다. 그리고 마침내 은빛으로 뒤덮인 사람도 짐승도 아닌 생명체가 되었다.
누구보다도 큰 라이칸스로프였다.
한동안 거기에 압도당했던 나는 이내 정신을 차리고 실프에게 소리쳤다.
"공격해!"
—냥!
실프가 바람의 칼날을 쏘았다.
그와 동시에 레온 실버도 움직였다.
촤좌악—
놈은 좌우로 전광석화처럼 움직이며 바람의 칼날을 피해냈다.
강천성이 달려들어 발차기를 날렸으나, 납작 엎드려 피한 레온 실버.

놈은 그대로 네 발로 기어서 빠르게 나에게 접근했다. 나는 모신나강을 서서 쏴 자세로 조준하고 방아쇠를 당겼다.

타앙— 파악!

나무가 총탄에 맞았다.

놈은 그대로 나에게 손톱을 휘둘렀다.

"크윽!"

나는 놀라 뒤로 주저앉았다. 구사일생으로 손톱이 머리 위를 아슬아슬하게 스쳤다.

—냐앙!

실프가 소리 지르며 바람의 칼날을 재차 날렸다.

놈은 귀신같이 훌쩍 도약하며 피해냈다.

사뿐히 착지한 레온 실버는 이번에는 혜수에게 덤벼들었다.

"혜수야!"

나는 재차 방아쇠를 당겼지만 나의 불확실한 사격은 빠르게 움직이는 놈을 맞출 수 없었다.

혜수는 이를 악물고 장검을 꽉 쥐고 있었다. 레온 실버는 가소롭다는 듯이 피식 웃었다.

"편하게 해주지, 아가씨."

"아아아아!"

혜수는 고함을 지르며 장검을 휘둘렀다. 애처로운 저항이었다.

푸욱!

그 순간, 세상이 멈춘 것 같았다.

멈춘 시간 속에서 나는 멍하니 눈앞에 벌어진 광경을 바라보았다.

꿈을 꿨다.

네 갈래의 길쭉한 손톱이 혜수의 몸을 꿰뚫고 나온 끔찍한 악몽이었다.

"커흑!"

혜수는 신음을 토하며 풀썩 쓰러졌다. 땅에 풀썩 몸을 뉘이면서, 혜수는 마지막 순간에 나를 바라보았다. 눈물을 흘리며 슬픈 눈으로 나를 보고 있었다.

미안해요, 오빠.

먼저 갈게요.

혜수는 마침내 편히 쉴 수 있게 되었다.

"혜, 혜수야!"

나는 울먹이며 소리를 질렀다.

레온 실버는 그런 나를 본다. 놈의 눈빛은 웃고 있었다. 마치 절망에 젖은 내 표정을 보고 싶었다는 듯이.

"으아아아!"

나는 놈을 겨누고 방아쇠를 당겼다.

타앙!

총성이 울려 퍼졌지만 놈은 간단하게 옆으로 물러나 피했다. 총구의 방향을 보고 쏘기 전에 피한 것이었다.

볼트를 잡아당겨 탄피를 제거하고 다시 쏘았다.

발사되지 않았다. 5발을 모두 쏜 탓이었다.

"이익! 썅!"

나는 주머니에서 총알을 꺼내 재장전을 했다. 손이 말을 듣지 않았다. 후들후들 떨려서 제대로 총알을 집어넣을 수가 없었다.

놈은 그런 나를 보며 킬킬 웃고 있었다.

8장

귀환

아무것도 없이 텅 빈 곳에 하얀색만이 가득했다.

세상이 온통 하얀 이 지긋지긋한 곳에 나는 돌아왔다.

“오셨나요, 시험자 김현호.”

아기 천사가 시험의 문을 열고 돌아온 나를 맞이했다.

그래도 사람 기분을 아예 배려하지 않는 건 아닌지 이번에는 요란하게 나팔을 불지 않는다.

나는 그 자리에 털썩 주저앉았다.

시험의 문을 통과하면서 육체는 회복되었지만 정신은 아니었다.

아기 천사는 조금은 쓸쓸한 어조로 말했다.

“혼자 오셨군요.”

"……"

그랬다.

혼자였다. 이곳에 돌아온 것은 나 한 사람뿐이었다.

그 지옥에서 오직 나만이 돌아왔다.

준호도 혜수도 죽었다.

강천성의 죽음은 아직 보지 못했지만, 이곳에 돌아오지 못한 걸 보니 아마도 죽었을 게 틀림없었다.

그날, 혜수가 죽고서 이성을 잃었을 때 나를 구한 것은 강천성이었다.

"먼저 가라. 여긴 내가 맡겠다."

그 말에 비로소 나는 정신을 차릴 수 있었다.

하지만 어떻게 혼자 도망친단 말인가?

나는 망설였다.

함께 싸워야 한다.

하지만 나는 더 이상 도움이 되지 못했다. 소환 시간이 끝나는 바람에 실프가 되돌아갔기 때문이었다.

강천성은 이미 나에게서 신경을 껐다. 그의 두 눈은 오직 레온 실버라는 강자를 향해 있었다.

레온 실버 또한 강천성의 강한 눈빛에 새로운 흥밋거리를 발견한 표정이 되었다.

"가라. 이놈과 결판을 짓고 따라가겠다. 시간이 얼마나 걸리든 간에.”

그렇게 나는 강천성을 놔두고 도망쳤다.

밤낮을 가리지 않고 필사적으로 달아났다. 다행히 체력보정 초급 4레벨에 달하는 내 체력은 그 강행군을 견뎌내 주었다.

숲이 끝나고 높고 가파른 산에 도착했을 때, 눈앞에 나타난 시험의 문을 보며 나는 비로소 털썩 주저앉고 울음을 터뜨렸다.

허망하게 살해당한 준호.

죽는 순간에 슬픈 눈으로 날 쳐다보던 혜수.

날 보내고 홀로 싸움을 계속한 강천성.

이제 와서 다시 혼자가 되었다는 고독감에 미칠 것만 같았다. 팀의 리더였던 나란 놈은 마을 주민들뿐만이 아니라 팀원까지도 전부 희생시키고 혼자 살아남고야 말았다.

“슬퍼 보이시네요.”

아기 천사의 말에 나는 회상에서 깨어났다.

“그래도 시험은 클리어하셨으니 축하는 드릴게요. 축하해요, 시험자 김현호. 이번에도 가장 높은 성적을 거두셨어요.”

“…….”

“에이, 기운이 없으시니까 재미가 없네요.”

은근슬쩍 나를 약 올리려는 아기 천사였지만, 나는 대꾸할 기력도 없었다.

아기 천사는 그런 날 빤히 보다가 문득 말했다.

“그럼 기분 전환용 퀴즈 하나!”

“…….”

“실프를 시켜서 저격을 했을 때, 레온 실버는 보지도 않았는데 어느 방향에서 총을 쏘는지 어떻게 알아챘을까요?”

그 말에 나는 눈이 번쩍 뜨였다.

그래, 나도 그게 이상했다.

언제, 어디서, 어떻게 총을 쏘는지 놈은 무슨 수로 알아차렸을까?

실프의 움직임이 놈에게 들켰을 리는 없었다.

그렇다면…….

나는 깊이 생각해 보았다. 그리고 마침내 한 가지 답에 도달했다.

“……냄새.”

“정답!”

“빌어먹을!”

냄새였다.

물론 실프는 소리도 냄새도 없지만, 소총 모신나강은 아니었다. 여러 번 총을 쐈으니 화약 냄새가 진동했을 것이다.

‘내가 어리석었어.’

그때 그 점도 감안했더라면.

실프의 능력으로 냄새까지 차단해 놓고 저격하게 했더라면 다른 결과가 나타났을지도 모른다.

준호의 죽음과 놈의 심리적인 압박에 제대로 신중하게 생각하지 못했다.

내가 좀 더 잘했더라면! 그러면 혜수는 죽지 않아도 되었을 텐데!

"그러게 말이에요."

아기 천사가 내 생각을 읽고서 빈정거렸다.

"시험자 김현호가 조금만 더 잘하셨으면 시험자 이혜수는 죽지 않았을 텐데요."

"이 자식이!"

"히히히."

나는 화가 나서 노려보았지만 아기 천사는 빙글거리며 재수 없게 웃었다.

"이제 조금은 교훈을 얻으셨나요?"

"무슨 교훈? 멍청하면 죽는다는 교훈?"

"멍청하다니요. 시험자 김현호는 이번 시험에서도 아주 잘하셨어요. 그래도 말이죠."

아기 천사는 파닥파닥 날아와 나에게 가까이 얼굴을 들이밀었다.

"그보다 더 잘하셔야 해요."

"……."

"그것보다 더 죽음에 가까운 긴박한 순간에도, 시험자 김현호는 냉철하고 지혜로워야 해요. 아셨나요? 저는 시험자 김현호가 끝까지 살아남기를 바라고 있으니까요."

"……."

"자자, 여기까지. 이제 얼른 가버리세요. 다음 시험에 또 봐요."

아기 천사가 손가락을 딱 튕기자 시험의 문이 나타났다.

나는 문을 열고 밝은 빛을 향해 발을 내딛었다.

그렇게 3회차 시험은 끝났다.

* * *

연구소는 난리가 났다.

차지혜를 비롯해 연구소의 사람들이 분주하게 돌아다녔다.

이준호, 이혜수, 강천성이 실려 나오고 있었다.

세 사람은 심장마비로 숨져 있었다. 그것이 아레나에서 죽은 시험자의 최후였다. 그래도 현실에서는 시체가 온전해서 조금은 위안이 되었다. 적어도 현실에서의 그들은 평온해 보였으니까.

"괜찮으십니까?"

차지혜가 다가와 물었다.

나는 힘없이 되물었다.

"괜찮아 보이나요?"

"죄송합니다. 괜한 질문이었습니다."

"준호랑 혜수는 이제 어떻게 되는 건가요?"

"병원으로 데려갈 겁니다. 돌연사로 처리될 테고 가족에게 통보됩니다."

"저도 그렇게 되겠네요."

"……시험에서 목숨을 잃으시면, 그렇습니다."

쉽게 상상된다.

죽은 나의 시신을 붙잡고 오열할 가족들의 모습이. 가족들에게는 갑작스러운 날벼락일 것이다.

"오늘은 돌아가서 푹 쉬십시오. 3회차 시험의 경위는 나중에 정신적으로 충분히 안정을 찾으시면 그때 듣겠습니다."

"그러죠."

차지혜는 간단히 작별을 하고는 바쁜 일이 있는지 어디론가 사라졌다.

그런데 그때, 유지수 팀도 시험을 마치고 나왔다.

유지수, 차진혁, 이진용.

19회차, 아니, 이제 20회차 팀인 그들은 세 사람 다 무사히 돌아왔다. 그게 너무나도 부러웠다.

"우와! 너 진짜 오랜만이다! 한동안 잊고 있었네! 너 이름이 뭐랬더라?"

금발로 염색한 유지수는 나를 보며 호들갑을 떨었다.

'이름을 까먹었을 정도로 오랜만이라고?'

나는 그녀의 태도에 의아함을 느꼈다.

사람 좋은 인상의 이지용이 내 궁금증을 풀어주었다.

"그쪽은 3회차였을 테니 시험 기간이 길어야 보름 정도였지? 우리는 장장 3개월간 시험을 치러야 했거든."

"아……."

나는 아레나에서 열흘을 보냈다. 저들은 3개월이나 보냈다. 그런데도 같은 날 깨어나다니 묘한 기분이 들었다. 똑같은 시각에 돌아왔는데도 서로 다른 시간을 살았다니.

"다른 멤버는?"

차진혁이 물었다.

"……2, 3회차 징크스라고 하셨죠?"

대답은 그걸로 충분했다.

유지수과 이지용의 얼굴이 딱딱하게 굳었다.

"이런……."

차진혁은 머리를 긁적였다.

"너 빼고 다 죽었다고? 너희 정도 되는 팀이? 말도 안 돼! 얼마나 개떡 같은 시험이었던 거야? 그 강천성이라고 했던 사람은 실력이 상당했잖아!"

유지수가 믿기 어렵다는 듯이 말했다.

"다 제 잘못이죠."

"아, 이를 어째. 그럼 이제 너 혼자 시험을 치러야 하는 거야?"

"그렇겠죠."

그러자 이지용이 다가와 내 어깨를 토닥여 주었다.

"혼자 남았어도 자포자기는 하지 마. 가까운 지역에 있는 다른 시험자의 도움을 받는 등의 방법도 있으니까."

"다른 시험자요?"

"그래, 너처럼 곤경에 처한 팀을 가까운 지역에 있는 팀이 구원해 주기도 하거든. 아마 연구소에서 널 지원해 줄 팀이 있는지 수소문할 거야."

"반대로 가망이 없는 팀은 그냥 포기해 버리기도 하지."

차진혁이 말했다.

"이봐!"

이지용이 핀잔을 했다.

차진혁은 개의치 않고 계속 말했다.

"연구소를 너무 믿지 마. 이놈들은 자원봉사 단체가 아니야. 시험자를 위해 전폭적인 지원을 해주는 것 같아도, 가망 없는 시험자를 위해서 인력과 자원을 투자할 정도로 착한 놈들은 아니니까. 특히 너처럼 동료가 전부 죽고 홀로 남은 3회차 햇병아리는 더더욱 말이야."

"야! 너 자꾸 쓸데없는 소리 할래?"

유지수가 차진혁에게 버럭 화를 냈다.

"모르는 소리 마. 뒤늦게 뒤통수 맞지 말고 미리 마음의 준비를 해야 할 것 아냐!"

차진혁은 나에게 계속 말했다.

"잘 들어. 네 담당인 차지혜는 성실한 여자지만 그 윗대가리들은 안 그래. 정치권의 높으신 네들에게 꼬박꼬박 성과보고를 해야 하는 입장이기 때문에 손해 볼 짓을 안 해. 아마 계약을 파기해 버리고 널 그냥 버릴 가능성도 있어."

"……."

"마음의 준비를 단단히 해두고, 어떻게든 혼자 살아갈 궁리를 해야 돼. 오늘 집에 가기 전에 차지혜한테 아레나 관련 자료를 최대한 많이 달라고 해. 버림받게 되면 그런 아레나에 대한 정보를 얻을 수가 없게 되니까."

차진혁의 조언은 냉정했지만 나에게 큰 도움이 되었다.

듣고 보니 그랬다.

곧 죽을 가능성이 높은 나를 위해서 연구소가 돈과 시간과 노력을 쏟을 가능성은 없어 보였다.

더군다나 장기 계약도 아니고 1년짜리 단기 계약이었으니, 버리기는 더욱 쉬울 것이다.

나는 차진혁에게 꾸벅 고개 숙여 인사했다.

"조언 감사합니다."

"자, 얼른 가봐."

"잠깐잠깐!"

유지수가 나를 붙잡았다.

그녀는 핸드폰을 꺼내 내밀었다.

"번호 찍어."

"예?"

"시험자끼리 서로 연락하고 지내면 좋잖아."

"아, 그렇겠네요."

나는 순순히 유지수의 핸드폰에 내 번호를 찍어주었다.

유지수는 내 어깨를 툭툭 쳤다.

"힘내. 이 말밖에 할 말이 없네."

"감사합니다."

차진혁의 조언대로 나는 곧장 차지혜를 찾아갔다.

그래도 차지혜는 속이 음흉한 여자로 보이지 않았기 때문에 솔직하게 말했다.

"솔직하게 말씀해 주세요. 연구소가 계속 저를 지원해 줄 확률이 얼마나 됩니까?"

"……."

차지혜의 안색이 어두워졌다. 역시 차진혁의 추측대로였다.

"아레나에 대한 자료를 최대한 많이 주세요. 연구소의 지원을 더 이상 받지 못하는 상황이 되더라도, 저는 계속 시험을 치르고 살아남아야 합니다."

"……확실히 상부에서 김현호 씨에 대해 어떤 결정을 내릴지는 장담할 수가 없습니다. 아무리 김현호 씨가 특이한 메인 스킬을 가진 시험자라 해도, 이제 3회차인데 팀원을 전부 잃으셨다는 점을 비관적으로 볼 테니 말입니다."

"이해합니다."

그녀는 한숨을 쉬었다.

"제가 제공할 수 있는 모든 자료를 드리겠습니다. 그래 봐야 고급 정보는 없지만 없는 것보다는 나을 겁니다."

차지혜는 노트북을 꺼내서 실행시키더니 USB 메모리에 파일 몇 개를 옮겨 담아 나에게 건네주었다.

"일단 이것을 가져가십시오. 그리고 설령 저희 연구소에서 어떤 결정을 내리든 저는 계속 김현호 씨와 연락을 하며 최선을 다해 돕겠습니다."

"고마워요."

"아닙니다. 담당 연구원으로서 제가 미흡한 탓에 여러분이 그런 결말을 맞이했습니다. 그저 죄송할 따름입니다."

때로는 얄밉기도 했지만 차지혜가 성실한 여자라는 것을 나는 알 수 있었다.

그렇게 나는 작별을 고하고 헬기와 차량을 타고 천안으로 돌아왔다.

현실의 시간은 하루밖에 지나지 않았지만, 수년 만에 집에 돌아온 것 같은 기분이 들었다.

9장

특수스킬

집에 돌아오니 가족들은 다들 나가고 없었다.

차라리 다행이었다. 혼자 조용히 마음을 추스를 시간이 필요했으니까.

부엌에서 이것저것 반찬을 꺼내 밥을 챙겨 먹는데, 문득 스마트폰이 울렸다. 모르는 번호로 문자메시지가 와 있었다.

[보조스킬 중에 특수스킬 있는데 그거 먼저 습득해. 예쁜 지수 누나가♡]

유지수였다. 일부러 조언을 해주려고 연락하다니, 고마운 일이었다. 예쁜 건 모르겠지만.

'그러고 보니 카르마를 얼마나 받았는지 확인을 안 해봤구나.'

나는 석판을 소환해 보았다.

—성명(Name): 김현호
—클래스(Class): 7
—카르마(Karma): +1,300
—시험(Mission): 다음 시험까지 휴식을 취하라.
—제한 시간(Time limit): 19일 16시간
—카르마로 보상을 받을 수 있습니다. 보상을 받으려면 석판을 소환한 채 '카르마 보상'이라고 말씀하세요.

깜짝 놀랐다. 클래스는 또 두 계단을 점프했고, 카르마는 무려 1,300이나 얻었다.

2회차 때 얻은 보상은 900카르마로, 그것만으로도 역대 최고의 2회차 성적이라고 했었다.

그런데 그보다 400이나 많이 받았다.

'하기야 내가 많은 역할을 했지.'

라이칸스로프 12마리를 처치했고, 직접 촌장을 협박해 마을 주민들을 선동하게 만들었다. 분명 상황을 주도했던 것은 팀의 리더였던 나다.

'팀원을 전부 죽인 주제에…….'

쓴웃음이 나온다.

팀을 전멸시킨 무능한 리더인데 성적은 잘 나오다니.

아무튼 나는 카르마 보상을 받기로 했다.

'특수스킬을 습득하라고 했지.'

19회차, 이제는 20회차의 베테랑 시험자인 유지수의 조언이니 그럴 만한 이유가 있을 거라고 생각했다.

하지만 일단은 차지혜의 의견을 먼저 구하기로 했다.

앞으로 한국아레나연구소와의 관계가 어떻게 될지는 모르겠지만 아직은 계약 관계였다. 계약상 내 담당 연구원인 차지혜의 의견을 구하지 않고 멋대로 카르마를 사용할 수는 없었다.

나는 차지혜에게 문자를 보냈다.

[나: 카르마 보상을 받으려고 합니다. 특수스킬을 우선 습득하라는 이야기를 들었는데 이게 맞는 말인가요?]

위잉.

금방 답장이 왔다. 역시 성실한 여자다.

[차지혜: 카르마를 얼마나 받으셨습니까?]

[나: 1,100]

살짝 낮춰서 말했다. 앞으로의 관계가 어찌 될지 모르니 전부 드러낼 필요는 없다고 생각했기 때문이었다.

[차지혜: 정말 많이 받으셨군요. 그럼 특수스킬을 먼저 습득하시는 게 맞습니다. 우선 특수스킬을 습득하시고서 다시 연락 주십시오.]

[나: 알겠습니다.]

나는 석판에 대고 말했다.

"카르마 보상."

—원하는 보상을 선택하십시오.

1. 스킬: 능력을 습득합니다.
2. 아이템: 무기, 방어구, 기타 물품을 습득합니다.
3. 기타: 현실 세계의 물건을 아이템으로 만듭니다. 아이템화된 물건은 시험에 반입할 수 있습니다.

—잔여 카르마: +1,300

"스킬."

—원하는 스킬 종류를 선택하십시오.

1. 메인스킬: 시험 수행에 필요한 시험자의 기본 능력. 시험자의 역량을 결정짓는 가장 중요한 스킬로, 딱 하나만 선택 가능합니다. 시험자의 자질에 따라 습득할 수 있는 메인스킬이 한정됩니다.
2. 보조스킬: 메인스킬 이외에 시험자에게 도움을 주는 스킬로, 조건에 따라 얼마든지 선택 가능합니다.

—잔여 카르마: +1,300

"보조스킬."

그러자 익힐 수 있는 보조스킬의 목록이 주르륵 나열되었다.

각양각색의 보조스킬이 있었는데, 계속 목록을 넘겨보니 마침내 특수스킬을 발견했다.

25. ???(특수스킬) : 특수스킬은 시험자의 체질과 성향에 따라 결정되는 특질입니다. 단 하나의 특수스킬만을 습득할 수 있으며, 어떤 스킬이 생성될지 알 수 없고 취소나 변경도 불가능합니다. (—300)

어떤 스킬이 생성될지 알 수 없다.

즉, 좋은 스킬이 나올 수도, 쓸모없는 스킬이 나올 수도 있다는 뜻이었다.

잠깐 망설여졌지만, 유지수도 차지혜도 이걸 먼저 습득하라고 했으니 그 말에 따르기로 했다.

"특수스킬 습득."

파앗!

석판에서 빛이 새어 나와 나에게 스며들었다.

이윽고 석판에 글씨가 나타났다.

—특수스킬 '스킬 합성'을 습득하셨습니다.

—스킬 합성(특수스킬) : 보유한 '스킬'과 '스킬', 혹은 '스킬'과 '아이템'을 합성하여 새로운 스킬을 창조합니다. 석판을 소환해 '스킬 합성'이라고 말씀하십시오.

*합성에 사용한 아이템은 소멸됩니다.

*스킬 합성으로 창조된 스킬은 합성에 사용할 수 없습니다.

—잔여 카르마: +1,000

'스킬 합성?'

내가 보유한 스킬끼리 조합해 새로운 스킬을 만들 수 있는 능력 같았다.

'그럼 별도로 카르마를 소모하지 않고도 새로운 스킬을 얻을 수 있다는 뜻이잖아?'

보조스킬을 하나 습득하는 데 적어도 100카르마가 소모된다. 그런데 스킬 합성으로 만든 스킬은 공짜였다.

생각해 보니 대단한 이득이 아닌가!

'이런 능력이 생기다니! 이래서 특수스킬을 먼저 익히라고 한 거였구나.'

백문이 불여일견이다.

나는 일단 이 스킬 합성을 한번 시도해 보기로 했다.

석판에 대고 말했다.

"스킬 합성."

그러자 석판의 글씨가 변했다.

—합성에 사용할 스킬이나 아이템을 선택하십시오.

1. 합성 가능한 스킬: 정령술(실프), 체력보정, 길잡이.

ㄹ. 합성 가능한 아이템: 모신나강, 아이템백.
*합성에 사용한 아이템은 소멸됩니다.

아이템은 합성의 재료로 썼다가는 소멸되니 절대 쓰면 안 된다. 일단 스킬끼리 합성해 봐야겠다.

곰곰이 생각해 볼 필요도 없었다. 한번 순서대로 다 합성해 보면 되지, 뭐.

"정령술과 체력보정을 합성한다."

—정령술(실프)과 체력보정을 합성합니다.

파앗!

석판에서 하얀 불빛이 번쩍거리더니, 이윽고 그 빛이 내 몸으로 빨려 들어왔다. 카르마 보상으로 스킬을 습득할 때와 비슷한 현상이었다.

—합성 성공. 바람의 가호(합성스킬)을 습득했습니다.
—바람의 가호(합성스킬): 신체를 통해 바람을 일으킵니다. 사용자의 집중력과 스킬 레벨, 정령술의 스킬 레벨의 영향을 받습니다.
*초급 1레벨: 지속 시간 15분. 쿨타임 1시간.

'허…….'

나는 놀라움을 금치 못했다.

이렇게 좋은 스킬을 공짜로 습득하다니. 내가 얼마나 좋은 특수스킬을 손에 넣었는지 체감할 수 있었다.

'계속 합성해 보자.'

"정령술과 길잡이를 합성한다."

—정령술(실프)과 길잡이를 합성합니다.

—합성 실패.

'실패라…….'

무조건 합성이 되는 건 아닌 모양이었다.

나는 계속해서 체력보정과 길잡이를 합성해 보았다.

파앗!

이번에는 성공했다.

—합성 성공. 운동신경(합성스킬)을 습득했습니다.

—운동신경(합성스킬): 몸을 움직이는 요령이 향상됩니다.

*초급 1레벨.

말 그대로 운동신경이었다. 육체보정과 길잡이가 합쳐지니 운동신경이 되다니 재미있다. 몸이 움직여야 하는 방향을 알려주는 건가?

어릴 적부터 몸치 소리를 많이 들었던 나로서는 아주 좋은 스킬이었다. 게다가 이건 사용하는 스킬이 아니라 체력보정처럼 효과가 영구히 지속되는 스킬이었다.

'바람의 가호도 있으니까 운동신경이랑 합하면, 이제 근접 거리에서 싸워도 괜찮겠다.'

난 체력보정 초급 4레벨이었다. 특수부대 정예 수준의 강인한 육체였다.

그런데도 워낙에 몸치였던 까닭에 이런 좋은 몸을 갖고도 스파링에서 차지혜에게 일방적으로 얻어맞았다. 물론 그녀가 전문가였던 이유도 있지만.

그런데 새로 생긴 운동신경은 그런 내 단점을 커버해 준다.

바람의 가호까지 발휘할 수 있으니, 실프가 소총으로 원거리 지원 사격을 하고 나는 지근거리에서 싸우는 방식이 이루어질 수 있다.

그렇게 생각에 잠겨 있을 때, 차지혜에게서 전화가 왔다.

'아차, 특수스킬을 얻고서 연락 달라고 했었지?'

나는 전화를 받았다.

"여보세요?"

―특수스킬은 어떻습니까?

나는 잠시 고민한 끝에 거짓말을 하기로 했다.

"정령의 가호라는 스킬을 받았어요. 몸에서 정령의 힘을 내는 스킬 같았어요."

―그렇습니까? 그냥저냥 무난합니다. 좀 더 좋은 스킬이었으면 좋았을 텐데.

차지혜는 아쉬워했다.

"이 정도면 괜찮다고 생각되는데, 더 좋은 특수스킬도 있나요?"

—특수스킬은 시험자마다 모두 제각각이라 중복되는 법이 없습니다. 제가 아는 시험자는 가장 특수한 스킬을 가지고 있었는데, 부활이었습니다.

"부, 부활이요?"

—죽었을 때 300카르마를 지불하고 부활하는 특수스킬이었습니다. 그래서 아쉬워하는 겁니다. 저는 김현호 씨가 이 위기를 극복할 수 있을 만큼 위력적인 특수스킬을 얻기를 원했습니다.

"……어쩔 수 없지요. 그래도 이 정도면 괜찮지 않나요? 실프의 소환 시간이 모두 소진되어도 바람의 힘을 일으킬 수 있는데."

—나쁘다고는 하지 않았습니다. 그럼 그 특수스킬을 중심으로 카르마 보상을 생각해 봐야겠습니다. 800카르마 남으신 것 맞습니까?

"네."

—그러면 우선은 메인스킬인 정령술에 투자를 해야겠습니다.

"정령술에? 초반에는 메인스킬의 레벨을 올려도 효과가 크지 않다면서요?"

—레벨을 올리는 게 아닙니다.

차지혜가 잘라 말했다.

—김현호 씨는 실프와 카사 두 정령과 계약할 수 있다고 들었습니다. 맞습니까?

"아, 예."

—불의 정령 카사를 얻는 겁니다. 그러면 유사시에 실프와 카사 두 정령을 모두 소환해서 싸움에 투입할 수 있고, 정령의 가호라는 김현호 씨의 특수스킬의 옵션도 늘어납니다. 어떻습니까?

좋은 생각 같았다.

카사를 얻어서 스킬 합성의 재료로 사용하면 바람의 가호처럼 불의 가호? 뭐 그런 스킬이 만들어질지도 몰랐다.

"좋은 생각 같네요. 그렇게 할게요."

—그리고 남은 400카르마도 근접전을 보강하는 방향으로 써야 합니다. 흐음, 일단은 300카르마로 체력보정을 초급 5레벨로 올리고, 남은 100카르마는 보조스킬을 하나 얻는 데 쓰는 게 좋겠습니다.

"어떤 보조스킬을요?"

—권각술도 괜찮고 체술도 괜찮습니다. 뭐든 김현호 씨의 몸치를 극복할 수 있을 만한 무술을 익히는 데 써야 합니다.

"……뭐, 그렇게 하죠."

역시 이 여자도 내가 몸치라고 생각하는군. 쳇, 정확한 판단이다.

어차피 나는 운동신경이라는 스킬을 얻었기 때문에 필요 없지만 말이지.

—그리고 김현호 씨의 처우에 대해서는 연구소의 상부에 계속 건의를 하고 있습니다. 어떻게든 노력을 해볼 테니 너무 낙심하지 마시고 기다려 주십시오.

"예, 고마워요."

—아닙니다. 그럼…….

"예."

통화를 마치고, 나는 그녀가 말한 대로 체력보정을 초급 5레벨로 올렸다. 300카르마를 써서 레벨을 올리니 내 몸이 더욱 단단해졌다.

몸 곳곳에 세밀한 잔근육이 돌처럼 단단하게 자리 잡은 것을 보니 스스로 봐도 감탄이 나올 지경이었다.

손가락 하나로 몸을 지탱한 채 물구나무를 섰다면 믿겠는가?

그런 만화 같은 짓거리를 간단히 해낼 정도로 대단한 육체였다.

초급 5레벨은 인체의 한계라더니 사실 같았다.

계속해서 석판에 대고 카르마 보상을 외쳤다.

"메인스킬을 보여줘."

—시험자 김현호 님은 현재 정령술 초급 1레벨을 보유하고 계십니다.

—정령술(메인스킬): 바람의 하급 정령을 소환합니다. '실프'라고 말씀하시면 소환됩니다.

*초급 1레벨: 소환 시간 2시간. 실프의 힘 사용 시 소환 시간이 소진됩니다.

*초급 2레벨: 소환 시간 2시간 15분. (—500)

—다음 정령과 계약할 수 있습니다.

1. 불의 정령 카사 (—400)

초급 2레벨로 올리는 데 500카르마나 소모되고, 그런 주제에 늘어나는 소환 시간은 15분밖에 안 된다. 너무 비효율적이었다.

차지혜의 말대로 초반에 메인스킬의 레벨을 올리는 건 카르마의 낭비였다.

역시 레벨을 올리기보다는 불의 정령 카사와 계약하는 편이 좋겠다.

"카사와 계약하겠다."

—정령술(메인스킬): 정령을 소환하여 대자연의 힘을 발휘합니다.

*소환 가능한 정령: 실프, 카사

*초급 1레벨: 소환 시간 2시간.

석판에 나타난 설명을 보고서 나는 카사와 계약이 되었음을 알았다. 한번 소환해 보기로 했다.

"카사."

화르륵—

눈앞에서 별안간 불꽃이 일렁거리더니, 불꽃이 한데 뭉쳐져 작은 형상이 되었다. 완성된 모습은 바로…….

—헥헥헥헥……!

혀를 빼물고 헥헥거리는 작은 동물. 맹렬하게 좌우로 흔들거리는 꼬리.

바로 강아지였다.

온몸이 타오르는 불꽃으로 이루어진, 요크셔테리어를 닮은 강아지가 나를 보며 반갑다고 꼬리를 흔들어대고 있었다.

"하아……."

한숨이 나온다.

고양이 다음은 강아지냐. 좀 대화가 통하는 정령이었으면 싶었는데.

—멍멍!

강아지가 나를 보며 짖었다. 말똥말똥하게 빛나는 눈동자를 보니 웃음이 나왔다.

"그래그래, 이리 와."

—멍!

카사는 내 품에 뛰어들었다.

'가만.'

소환 시간은 여전히 2시간.

실프와 함께 소환해 놓으면 소환 시간이 2배로 소모되는 걸까?

한번 시험해 봐야겠다.

"실프!"

—냥!

이번에는 날씬한 고양이가 나타나 내 머리 위에 사뿐히 앉았다.

—냐앙?

—끼잉?

실프와 카사가 서로를 보며 의아해했다. 넌 누구냐는 눈빛을 서로 교환하더니…….

실프가 앞발로 카사의 머리를 툭 건드려 본다.

카사는 잠시 당황하더니 이내 으르릉 소리를 내며 이를 드러낸다. 실프도 몸을 바짝 낮추고 싸울 태세였다.

—멍멍멍!

—냐앙!

내 품에서 껑충 뛰어오른 카사가 실프와 뒤엉켰다. 내 머리 위에서 엎치락뒤치락 싸우는 두 정령을 보며 나는 또다시 한숨이 나왔다.

정말 개판이구나.

그나마 다투는 데 정령의 힘까지 사용하지 않는 게 다행이랄까.

강아지와 고양이가 투덕투덕 다투는 동안, 나는 석판을 지켜보았다.

*초급 1레벨: 소환 시간 2시간. (1시간 58분 23초)

예상대로 소환 시간의 소모가 2배로 빨라졌다.

정령 두 마리를 모두 소환하는 건 낭비였다. 어차피 서로 사이도 안 좋아 보이니, 위급한 상황이 아니면 한 마리만 소환해야겠다.

평상시에는 정찰과 사격을 할 줄 아는 실프를 주로 소환해야겠군.

"카사, 돌아가."

—끄응.

싸우다 말고 카사가 구슬픈 소리를 낸다. 나는 카사의 머리를 쓰다듬어주며 타일렀다.

"나중에 또 소환해서 놀아줄게."

—멍!

알았다는 듯 한 번 짖고는 카사는 사라져 버렸다.

"실프, 집 안의 먼지를 전부 한데 모아서 쓰레기통에 버려줘."

—냐앙.

실프는 한 줄기의 바람이 되어 집 안 구석구석을 쓸고 지나갔다.

먼지 반 머리카락 반의 흉악한 덩어리가 쓰레기통에 버려졌다. 여자 셋 사는 집이라 머리카락이 끊이질 않는군.

실프도 돌려보내고서, 나는 계속 석판을 들여다보았다.

나는 아직 할 일이 있었다.
"스킬 합성."
석판의 글씨가 변했다.

—합성에 사용할 스킬이나 아이템을 선택하십시오.
1. 합성 가능한 스킬: 정령술(실프), 정령술(카사), 체력보정, 길잡이.
2. 합성 가능한 아이템: 모신나강, 아이템백.
*합성에 사용한 아이템은 소멸됩니다.

합성 가능한 스킬의 옵션이 한 가지 더 늘었다.
"정령술 카사와 체력보정을 합성한다."

—정령술(카사)와 체력보정을 합성합니다.

파앗!
하고 석판에서 빛이 번쩍이더니,

—합성 성공. 불꽃의 가호(합성스킬)을 습득했습니다.
—불꽃의 가호(합성스킬): 신체를 통해 불꽃을 일으킵니다. 사용자의 집중력과 스킬 레벨, 정령술의 스킬 레벨의 영향을 받습니다.
*초급 1레벨: 지속 시간 15분. 쿨타임 1시간.

성공이었다. 바람에 이어 몸으로 불꽃을 낼 수 있는 스킬을 얻었다. 공짜로 말이다.

'집 안에서는 좀 위험하니 나중에 산에서 혼자 시험해 봐야겠다.'

새벽에 태조산에서 바람의 가호와 불꽃의 가호를 테스트해 보기로 했다.

자, 이제 내게 300카르마가 남았다. 이제 이걸 어떻게 쓸까?

차지혜는 무술 같은 보조스킬을 습득해서 싸우는 법을 터득하라고 권유했다.

하지만 난 합성해서 만든 운동신경이 있었기 때문에 이걸로 충분하지 않을까 싶었다.

무술도 결국은 몸을 움직이는 요령이니, 운동신경이 있는 이상 무술을 별도로 습득할 필요는 없지 않을까?

곰곰이 생각해 본 끝에 나는 결정을 유보하기로 했다.

'좀 더 생각해 보고서 결정하자.'

아직 다음 시험까지 20일이나 남았다. 일단은 오늘 습득한 스킬들을 하나둘 테스트해 보면서 천천히 생각해 보기로 했다.

* * *

오후 5시가 조금 넘었을 무렵, 현지가 학교에서 돌아왔다.

그런데 혼자가 아니었다.

"오빠!"

긴 생머리에 쌍꺼풀을 가진 여자가 발랄하게 손을 흔들며 달려온다. 바로 유민정이었다.

"아잉, 오빠! 저 안 보고 싶었어요?"

아무런 거리낌도 없이 나에게 엉겨드는 민정.

"보고 싶었죠. 보고 싶었고말고요."

나는 민정을 마주 안으며 최대한 느끼한 목소리로 대꾸했다.

"이것들아! 잘들 논다!"

그 꼴을 보고 현지가 버럭 화를 내자 민정과 나는 낄낄거렸다.

"빨리 안 떨어져?"

"나도 떨어지고는 싶은데……."

민정은 눈웃음을 지으며 말을 이었다.

"탄탄한 가슴이 날 놔두지 않아. 떨어지지가 않네."

나는 웃음을 터뜨렸다.

일전에 클럽에서 현지가 당했던 일의 패러디였다.

결국 민정은 현지에게 귀를 붙잡힌 뒤에야 내게서 떨어졌다.

"우리 집은 무슨 일이세요?"

"조별 과제 때문에요. 오빠도 보고 싶었고요."

민정은 또다시 내게 꼬리를 치다가 현지에게 로우킥을 맞았다.

"밥 줘."

민정이 현지에게 말했다.
현지는 황당하다는 얼굴이었다.
“밥은 무슨 밥이야? 과제가 후딱 하고 돌아가.”
“아잉, 저녁 때 됐잖아. 난 배고프면 머리 안 돌아가.”
“넌 24시간 365일 배고프나 보구나?”
“아잉, 어서.”
“엇다 대고 애교를 부려?”
민정이 계속 밥 달라고 아양을 떨자, 현지는 하는 수 없다는 듯이 나를 바라보았다.
“오빠. 밥.”
“…….”
“우리 과제 하고 있을게 밥 차려놔. 취업 앞둔 동생 위해서 그 정도는 해줄 수 있지? 호호호, 그럼 부탁해.”
현지는 민정과 함께 방으로 들어갔다. 민정은 함께 들어가며 키스를 날렸다.
“오빠가 직접 해준 밥, 기대할게요.”
“…….”
이내 방 안에서 두 여자의 수다 소리가 들렸다. 밝고 활발한 목소리를 보니 결코 공부 이야기가 아니었다.
‘밥이나 해야지.’
나는 한숨을 쉬고는 부엌으로 갔다.
손님이 있으니까 혼자 먹을 때처럼 적당히 꺼내 먹으면 안 되겠지?

뭔가 맛있는 것을 찾아 냉장고를 뒤적거리다가 스테이크용 안심을 발견했다.

프라이팬에 고기 세 장을 올려놓고 굽다가 문득 카사가 생각났다.

'불의 정령에게 구워보라고 할까?'

"카사."

—헥헥헥!

카사가 나타나 반가워했다. 나는 입에 검지를 가져다대 조용히 하라고 했다. 카사는 고개를 끄덕였다.

"고기 좀 구워줄래? 바짝 구우지 말고 살짝 익혀줘."

고개를 끄덕인 카사는 작은 불덩어리 세 개를 만들어 프라이팬을 향해 쏘아 보냈다. 불덩어리들이 고기에 스며들었다.

화르륵!

나는 가스레인지의 불을 끄고 가위로 고기를 살짝 잘라 익힌 정도를 확인해 보았다.

'헉!'

놀랄 정도로 잘 익혔다.

부드럽게 익은 고기 속살, 고기에 그대로 배어 있는 육즙. 무엇보다 이걸 순식간에 해내다니. 앞으로 사냥해서 요리할 때 유용할 것 같았다.

식사를 다 차려놓고 현지와 민정을 불렀다.

"너무 맛있어요, 오빠. 반할 것 같아."

"꼬리 그만 치랬다."

민정의 장난과 현지의 딴죽이 계속되는 유쾌한 식사였다. 민정과 나는 수시로 서로에게 애정 표현을 했지만, 장난일 뿐 그녀도 진심으로 내게 마음이 있어 보이지는 않았다.

민정이 집을 나선 건 밤 10시 무렵이었다.

"나 갈게. 발표는 네가 하기다?"

"알았어, 이년아. 멀리 안 나간다?"

"아잉, 버스 타는 곳까지 마중 안 나와 줘? 날이 어두워서 민정이 너무 무서워."

"애교 부리지 말랬지? 귀찮으니까 빨리 사라져."

현지는 파리 쫓듯이 손을 휘휘 털었다. 입술을 삐죽 내민 민정은 문득 나를 바라보았다.

"오빠아아아~"

"네?"

"민정이 너무 무서워요. 복근을 가진 듬직한 남자가 바래다줬으면 좋겠는데……."

"어이쿠, 이런. 제가 나서지 않을 수가 없네요. 가죠."

"꺅, 오빠 멋쟁이!"

시시덕거리는 우리를 보며 현지의 눈매가 사납게 치켜 올라갔다.

"얼씨구? 둘이 썸 타지 말라고 했다!"

"오빠, 얼른 가요!"

민정은 대놓고 내게 팔짱을 꼈다. 나는 보란 듯이 그녀를 에스코트하며 함께 집을 나섰다. 노발대발하는 현지를 뒤로하고 우리는 엘리베이터를 탔다.

엘리베이터를 타고 내려가면서도 여전히 우리는 팔짱을 낀 상태였다.

문득 민정이 물었다.

"오빠, 무슨 생각 하세요?"

"팔짱을 풀 타이밍이요."

민정은 깔깔거렸다.

"오빠 대박 웃긴 것 같아요."

"그런 소리 많이 들어요. 전 웃기려 한 적 없는데 그냥 인간이 웃기대요."

내가 말할 때마다 민정은 곧잘 웃는다. 저렇게 잘 호응해 주는 모습만 봐도, 확실히 남자를 잘 홀릴 것 같았다.

남자를 상대하는 강한 내공을 보니 뭐랄까, 현지 친구다웠다.

"오빠, 말 편히 놓으세요."

"그러자. 너도 말 편히 할래?"

"싫어요."

"왜?"

"그럼 그냥 친한 여동생 같잖아요."

그렇게 말하면서 매혹적인 눈웃음을 짓는 유민정이었다.

순간 심장이 멎을 뻔했다. 당황한 마음을 내색하지 않으려고 안간 힘을 써야 했다. 그런 내 속내를 아는지 모르는지 그녀는 싱글거릴 뿐이었다.

'넘어가면 안 돼.'

민정은 그냥 반쯤 장난으로 작업을 거는 거다.

넘어가면 어장에서 놀게 될지도 모른다.

때마침 엘리베이터 문이 열리자 나는 자연스럽게 팔을 뺐다.

"갈까?"

"네."

아파트에서 나와 버스정류장으로 향할 때였다.

문득 아파트 앞 주차장 쪽에서 검은 정장을 입은 사내들이 나타났다.

'뭐지?'

무슨 삼류 영화에 나오는 조폭들처럼 보이기도 했다.

아무튼 느낌이 좋지 않아서 더 빨리 걸었다. 민정도 무언가 불안했는지 보조 맞춰 걸음을 빨리 했다.

그런데 사내들이 우리에게 다가왔다.

명백하게 우리에게 볼일이 있어 보였다.

'아니, 내게 볼일이 있는 거겠지.'

무슨 싸구려 조폭 영화도 아닌데 건달들이 우르르 나타나 지나가던 남녀에게 시비 거는 일이 있을 리 없지 않은가.

그런 짓을 하기에는 사내들이 입고 있는 검정색 슈트와 구두가 너무 고급스러워 보인다.

'한국아레나연구소 쪽 사람들인가?'

옷차림이나 절도 있는 걸음걸이로 보나, 어떤 정규 조직에

속한 사람들로 보인다.

이쪽으로 다가오는데 대놓고 불러 세우지 않는다.

내게 무언의 메시지를 보내는 것이다. 어서 여자를 보내고 따로 보자고 말이다.

나는 민정에게 말했다.

"민정아, 이제 혼자 갈 수 있지?"

"오, 오빠."

"가봐."

"그러면 안 돼요, 오빠. 같이 가요."

민정은 겁먹은 얼굴이었다. 내가 저자들과 싸우려는 줄 아는 모양이었다.

"괜찮아. 내 걱정은 하지 말고."

"경찰에 신고할까요?"

"아냐, 그럴 만한 일은 없을 거야."

망설이는 민정의 등을 살짝 떠밀었다.

"자, 어서 가봐. 걱정할 필요 없어."

"전화 할게요. 조심하세요."

"그래, 잘 들어가 봐."

민정은 몇 번 돌아보더니 후다닥 떠나 버렸다.

그제야 나는 뒤돌아 사내들을 바라보았다.

10장

박진성 회장

"뭡니까?"

내가 먼저 말했다.

내가 위축되지 않았다는 것을 보여주기 위해 일부러 강하게 나갔고, 실제로도 두렵지 않았다.

사내들은 나에게 가까이 접근했지만 나는 눈 하나 깜짝하지 않았다. 마음만 먹는다면 그들을 증거 없이 전부 죽일 수단이 나에게 있었다.

그리고 상식적으로 길거리 한복판에서 대놓고 범죄를 저지를 리도 없었다.

사내들 중에서 날카로운 인상의 중년 사내가 걸어 나와 대표로 내게 고개 숙여 인사했다.

"안녕하십니까. 이렇게 경우 없이 찾아뵈어서 죄송합니다."

"연구소에서 나왔어요?"

"아닙니다."

중년 사내는 나에게 명함을 건네주었다.

진성전자 제3비서과 실장 이정식.

나는 깜짝 놀랐다.

진성전자는 국내 기업 중 최대 매출을 올리는 굴지의 대기업이었다.

대기업의 비서실장이라는 사람이 내게 용건이 있다면 하나뿐이었다.

"제가 누군지 알고 오셨나 보죠?"

"그렇습니다."

"제 신상 정보는 연구소에서 유출했습니까? 아니면 댁들이 뒷조사를 한 겁니까? 어느 쪽이든 좀 불쾌하네요."

"그 점 죄송스럽게 생각합니다. 하지만 김현호 씨에게 좋지 않은 용건은 아니니 모쪼록 불쾌해하지 않으셨으면 좋겠습니다."

"불쾌해할지 안 할지는 제가 판단할 거고, 일단 용건을 말씀해 보세요."

"일단은 함께 가주시지 않겠습니까?"

"먼저 용건을 말씀해 주세요."

"그건 회장님을 직접 뵈셔서 말씀을 들으시는 게 좋을 것 같습니다."

회장님?

설마 진성그룹의 박진성 회장을 말하는 건 아니겠지?

내가 뭐라고 이 나라 최고 갑부가 용건을 가질까?

아무리 내가 시험자라고는 하지만, 이 나라에 시험자가 한 둘도 아닌데 말이지. 시험자들 중에서 나는 이제 3회차를 넘긴 햇병아리에 불과했다.

나는 도리어 이 사내들에 대한 의심이 더욱 강해졌다. 거짓말을 하고 있는지도 모른다는 경계심이 생긴 것이다.

"이런 늦은 시간에 어딘지 모른 곳으로 끌려가서 대화를 나누고 싶지는 않네요. 그럼 그쪽이 너무 일방적이니까요."

"하지만 회장님께서 부르십니다."

"진성그룹 박진성 회장님을 말씀하시는 건 아니겠죠?"

"그분이 맞습니다."

"……."

나는 꿀 먹은 벙어리가 되었다.

'정말 그런 사람이 날 부른다고?'

터무니없는 소리였다.

난 이제 이 사내들의 꿍꿍이가 의심스러워졌다. 어쩌면 음험한 조직이 시험자인 나를 이용하기 위해 함정으로 유인하는 것인지도 모른다.

나를 납치한 뒤에 목숨을 위협해 가며 아레나에서 마정 따위를 구해오라고 협박할지 누가 안단 말인가?

아레나로 소환당해 시험을 볼 때, 내 몸은 현실에서 잠들어 있다.

현실에서 목숨을 위협당한 상태라면 시키는 대로 할 수밖에 없는 것이다.

내가 말했다.

"이건 좀 경우가 아닌 것 같습니다. 날 밝은 때에 제가 잘 아는 장소에서 봤으면 좋겠습니다. 정말 당신들이 진성그룹에서 나왔는지도 의심스럽고, 박진성 회장이 저를 찾는다는 말도 솔직히 믿기 힘들어서 어이가 없을 정도입니다."

"일단 가보면 아십니다. 저희도 회장님의 지시를 수행할 수밖에 없는 입장이라, 양해 좀 부탁드립니다."

"죄송하게 됐네요. 그건 여러분 입장일 뿐이죠."

"이러시면 곤란합니다."

비서실장 유정식의 목소리에 약간 고압적으로 변했다.

그에 따라 나도 눈빛을 사납게 치켜떴다.

"그래서? 납치라도 하게요?"

"……물론 그런 건 아닙니다."

"근데? 왜 누가 부르면 난 순순히 가야 합니까?"

"……."

"내가 누군지 못 들었어요? 시험자가 뭔지 몰라요?"

"알고 있습니다."

"그런데 뭘 믿고 태도가 그따위신가요? 소리 소문 없이 살해당하고 싶으세요?"

"불쾌하게 해드려서 죄송합니다. 저희는 어디까지나 정중하게…….”

유정식의 태도가 저자세로 변했다.

“그럼 정중하게 꺼져주세요. 그럼 이만.”

난 곧장 집으로 향했다.

그러자 사내들이 내 앞을 가로막는 게 아닌가. 직업상의 본능과도 같은 행동이었다.

그리고 나 역시 본능적으로 주먹이 뻗어 나갔다.

퍼억!

“컥!”

한 사내가 턱을 부여잡고 주저앉았다.

이어서 그 옆의 사내의 정강이를 걷어차서 쓰러뜨렸다.

“크!”

걷어차인 사내 역시 균형을 잃고 주저앉았다.

나는 스스로에게 놀랐다.

주먹과 발이 자연스럽게 뻗어 나갔다. 공격해서 두 사람을 쓰러뜨리는 동작에 어색함이 전혀 없었다.

‘운동신경의 효과다!’

스킬 합성으로 얻은 운동신경의 효능이 입증된 것이었다.

이에 다른 사내들이 놀라 주춤주춤 양옆으로 길을 텄다.

나는 유유히 그들 사이로 지나쳤다.

그러자 등 뒤에서 유정식의 다급한 목소리가 들린다.

“그럼 언제 모시러 오면 되겠습니까?”

“그 새끼가 찾아오라 해!”

나는 사납게 소리치고는 그대로 집으로 돌아가 버렸다.

일부러 이렇게 거칠게 대응한 것은 이유가 있었다.

'상대도 날 압박하려 했으니까.'

내가 신상을 알아냈다면 연락처도 알고 있을 터였다.

그런데도 미리 연락하지 않고 이렇게 불쑥 예고 없이 우르르 나타났다. 그러면서 꼭 따라가야 한다는 듯이 말한다. 일부러 고자세로 날 당혹시켜서 쉽게 다루려는 의도였다.

그래서 난 거칠게 거절 의사를 밝혔고, 사내들이 막아서자 기다렸다는 듯이 두들겨 패서 제압했다. 이걸로 충분히 날 쉽게 다룰 수 없다는 경고가 되었을 것이다.

*　　　*　　　*

유민정은 길 어귀에 숨어서 배꼼이 얼굴만 내밀고 그 광경을 지켜보고 있었다.

민정은 한 손에 스마트폰을 쥐고 있었는데, 112가 찍혀 있는 화면의 통화 버튼을 언제든 누를 준비를 하고 있었다.

절친한 단짝 친구의 친오빠에게 무슨 일이 생길지 모르는데 혼자 달아날 정도로 의리 없는 민정이 아니었던 것이다.

그런데 몰래 지켜보니 믿을 수 없는 상황이 펼쳐진 까닭에 민정의 얼굴은 멍해져 버렸다.

'진성그룹? 회장?'

진성전자에서 나왔다는 사람들.

정말로 옷이나 구두나 깔끔한 헤어스타일이나, 사내들은 어딘가의 엘리트들이지 껄렁껄렁한 자들로 보이지 않았다.

그런 사람들이 김현호를 정중하게 모시려고 한다.

회장이 부른다면서 말이다. 그 회장이란 박진성 회장을 뜻하는 것이 틀림없었다.

이어지는 더 놀라운 상황.

김현호는 전광석화처럼 두 사람을 쓰러뜨렸다.

그리고는 천하의 박진성 회장을 '그 새끼' 라고 부르며 떠나는데도 사내들은 붙잡지 못했다.

'현호 오빠는 대체 어떤 사람이지?'

민정은 의문이 들었다.

현지에게 듣기로는 공무원 시험에 매달리다가 뒤늦게 돌아온 안쓰러운 남자에 불과했다.

그리고 클럽에서 실제로 봤을 때는 상상했던 이미지와 달리 배짱 있고 당당해 보여서 신선했다.

그런데 지금 본 현호의 모습은 충격적이었다.

대체 어떤 사람이기에 진성그룹에서 나왔다는 사람들이 어려워하며, 박진성 회장이 부르는 걸까?

'뭐야? 대체 현호 오빠는 누구야?'

민정의 머릿속이 김현호로 가득 찼다.

진성그룹에서 찾는 중요한 남자.

두려움 없는 당당한 태도.

튼튼한 몸과 남자 둘을 눈 깜짝할 사이에 제압하는 힘까지.

민정은 심장의 두근거림을 느꼈다. 자기 입으로 나 잘났네 하는 남자를 한두 명 본 게 아니었지만, 김현호 같은 남자는 처음이었다.

민정은 스마트폰을 바라보았다.

112가 찍힌 다이얼 화면을 종료시키고, 대신 메신저를 열었다.

*　　*　　*

"왜 이렇게 늦게 와?"

집에 돌아오니 현지가 눈을 날카롭게 치켜뜨고 노려보았다.

"왜겠어?"

"이익! 뭐야? 뭐 하다 온 거야?"

"이 오라버니에게도 봄이 왔구나!"

"정말 죽을래? 내가 민정이는 안 된다고 했다?!"

"랄랄라~ 즐거운 인생~"

"꺄악! 내가 못살아 정말! 걔가 어떤 년인데 저렇게 정신을 못 차리고!"

그렇게 현지를 실컷 약 올린 뒤에 나는 방으로 돌아왔다.

위잉.

스마트폰이 진동했다. 아마 민정에게서 온 문자겠지.

아니나 다를까.

[유민정∧∧*: 오빠, 잘 들어가셨어요?]

[나: 응. ^^ 걱정했어?]

[유민정^^*: 당연하죠. 경찰에 신고할까 말까 얼마나 고민했다고요 ㅠㅠ]

날 걱정했다는 민정의 말에 기분이 좋아졌다. 예쁜 여자가 걱정해 주는데 흐뭇하지 않을 리가 있겠는가.

[나: ㅋㅋㅋ 별일 아닐 거라고 했잖아.]

[유민정^^*: 그 사람들 대체 뭐래요?]

[나: 몰라. 사람 잘못 찾아왔나 보더라. 별일 없이 헤어졌어.]

[유민정^^*: 정말 다행이에요ㅠㅠ 오빠 걱정 때문에 얼마나 마음 졸였다고요.]

[나: 걱정해 줘서 고마워 ^^]

잠시 후 민정의 문자가 다시 도착했다.

[유민정^^*: 오빠, 그런데 내일은 뭐해요?]

[나: 내일은 친구랑 약속이 있지. 왜?]

혹시 그 사람들이 내일 다시 찾아올지도 몰라서 그렇게 대답했다.

[유민정^^*: 제가 밥 산다고 했잖아요. 금요일 저녁에는 시간 되세요?]

'어라?'

이건 아무리 봐도 데이트 신청이었다.

반쯤 장난처럼 찔러보는 게 아니라 직접 만나자고 신청해 올 줄은 몰랐다.

'어떡하지?'

[나: 금요일 저녁?]

[유민정∧∧*: 네.]

나는 나직이 한숨을 쉬었다.

[나: 미안. 그날은 어찌 될지 모르겠어.]

[유민정∧∧*: 아…….]

[나: 내가 시간 날 때 연락할게.]

[유민정∧∧*: 네. ∧∧]

충분히 알아들었겠지.

나는 스마트폰을 내려놓고 침대에 벌렁 드러누웠다.

민정에게 호감은 있었지만 진지한 마음은 아니었다. 현지의 단짝 친구인데 가벼운 마음으로 만나기는 껄끄러웠다.

무엇보다도 그럴 기분도 아니었고 말이다.

준호, 혜수, 강천성…….

세 사람을 희생시키고 혼자 살아 돌아왔다.

현실로 돌아오자마자 여자를 만나 달콤한 인생을 즐기고 싶은 생각이 들겠느냔 말이다.

지금쯤 준호와 혜수의 일가족이 날벼락 같은 비극에 오열하고 있을 텐데?

그대로 이불 속에 몸을 파묻고 눈을 감았다.

밤에 산에서 오늘 습득한 스킬들을 테스트하기로 했지만, 의욕이 나지 않는다. 오늘은 그냥 쉬는 게 좋을 것 같았다.

* * *

다음 날 아침, 일어나자마자 대충 씻고 나와 등산을 했다. 가장 긴 등반코스를 조깅하듯이 빠른 속도로 올랐다.

체력보정 초급 5레벨로 인체의 한계 수준의 육체를 가진 현재, 이런 운동은 사실 별다른 효과가 없었다. 하지만 마음이 나태해지는 걸 막는다는 점에서 의미가 있었다.

정상에 도달하자마자 잠깐 숨을 돌린 뒤 다시 산에서 내려왔다.

그런데 등산코스 초입으로 되돌아왔을 때, 나를 기다리는 사람들이 있었다.

멀찍이 주차된 검정색 벤츠 차량에 어제 봤던 검은 정장의 사내들이 대기하고 있었다.

그리고 뉴스에서 많이 본 낯익은 노인이 나에게 천천히 걸어온다.

노인은 사람 좋은 얼굴로 내게 웃음을 띤다.

"허허, 안녕하신가?"

"……안녕하세요."

나는 떨떠름하게 화답했다. 너무나 놀란 까닭이었다.

'정말로 박진성 회장이라니?!'

확실히 어젯밤에 '그 새끼가 찾아오라고 해!' 라고 외치긴 했지.

그런다고 정말 찾아왔냐?!

박진성 회장은 웃으며 말했다.

"어제는 실례가 많았군. 본의는 아니었네."

"괜찮습니다. 제 태도도 좋지는 않았죠. 워낙 믿을 수 없는 얘기라……."

"이제는 믿겠나?"

"예."

박진성 회장 본인이 왔는데 믿지 않을 수가 있나.

"아침 식사는 어떻게 했나?"

"아직……."

"잘됐군. 같이 가세."

"예."

나는 박진성 회장과 함께 벤츠 뒷좌석에 탔다.

부드러운 엔진 소리와 함께 차량이 출발했다.

옆자리에 앉아 있는 여유로운 표정의 박진성 회장을 보며 나는 이게 꿈인지 현실인지 헷갈리기 시작했다.

이게 말이 되는 경우인가?

"진천군에 있는 내 산장으로 갈 건데 괜찮겠나? 산중에 있는 작은 별장이라 인적이 없는 곳인데."

박진성 회장이 물었다.

나는 고개를 끄덕였다.

"예, 회장님과 함께라면요."

"허허, 그건 왜인가?"

"실례지만, 여차하면 회장님이 인질이잖아요."

내 말에 박진성 회장은 껄껄 웃었다.

"똘똘한 친구군. 마음에 들어."

"영광입니다."

운전석과 조수석의 사내들은 별로 마음에 안 들었는지 심기 불편한 모습이었다.

남부대로를 타고 이동한 차량은 한 시간 정도 달린 끝에 목적지에 도착했다.

충북 진천군의 어느 산골로 들어선 차량은 좁은 산길을 조심스럽게 나아간 끝에 산장 앞에서 멈췄다.

사내들이 먼저 내려서 문을 열어주었다.

"여기가 내 별장이야."

의외로 평범한 산장이었다. 대기업 회장의 별장이니 뭔가 굉장할 줄 알았는데 말이다.

"왜 이런 곳에 별장을 두셨어요?"

궁금해서 물어보았다.

박진성 회장은 씨익 웃었다.

"수렵장일세. 지금은 수렵 허가 기간이고."

"아……."

"작년까지만 해도 매년 와서 며칠씩 사냥하곤 했어. 올해는 못 올 줄 알았는데."

박진성 회장은 반가운 얼굴로 산장으로 향했다.

산장에서도 비슷한 나이대의 노인이 나왔다. 산장의 관리인으로 보이는 적당한 체격의 노인이었다.

박진성 회장이 양팔을 벌리며 말했다.

"나 왔어, 이 친구야."
"어이쿠, 회장님!"
"회장님은 무슨. 그냥 이름 부르라니까."
관리인 노인은 달려와 박진성 회장과 포옹을 했다.
"회장님! 올해는 안 오실 줄 알고 걱정했습니다."
"쯧, 자네도 그 얘기 들었나?"
"예, 말씀 듣고 제가 얼마나 걱정을 했는지."
"내 아들 놈한테 들었겠군. 원래 때 되면 다 가는 거야, 걱정 마."
"흐흐흑……."
"아이고, 이 친구 왜 또 질질 짜? 사냥 준비나 좀 해줘."
"예, 예."
관리인 노인이 안으로 들어가고, 박진성 회장은 날 돌아보며 물었다.
"사냥 할 줄 아나?"
"예."
"아침 식사는 같이 사냥하면서 간단히 하지. 어때?"
"문제없습니다."
아레나에서 내내 그 짓만 했는데 뭘.
관리인 노인은 뭔가가 잔뜩 든 배낭 하나와 엽총 두 자루, 그리고 큼직한 셰퍼드 한 마리를 끌고 왔다. 저게 훈련받은 사냥개인 모양이었다.
나는 배낭을 건네받고 짊어졌는데 꽤나 묵직했다.

박진성 회장이 엽총 한 자루를 들이밀자 나는 고개를 저었다.

"제 총이 따로 있습니다."

"호오, 그런가?"

박진성 회장은 자기 엽총과 실탄, 그리고 셰퍼드의 목줄을 갖고 사냥에 나섰다. 따라오려는 사내들을 제지시켰다.

"둘이 다녀올 거니까 부를 때까지 여서 기다려."

"예, 회장님."

"자, 감세."

"예."

그렇게 사냥은 시작되었다.

대한민국 최고 갑부, 살아 있는 성공 신화의 주인공인 박진성 회장과 단둘이 사냥이라니.

옆에서 열심히 산을 오르고 있는 박진성 회장을 보며 나는 신기한 기분에 휩싸였다.

"몸이 편찮으신 것 같은데 괜찮으세요?"

"아이고, 말도 말게. 힘들어 죽겠군."

박진성 회장은 바위에 걸터앉고 숨을 몰아쉬었다.

"이제 몸이 고장 나서 산 조금 올랐는데 이 모양이야. 쯧, 작년까지만 해도 팔팔했는데, 이제 끝난 게지."

박진성 회장의 얼굴에 쓸쓸한 회한이 어렸다.

그걸 보고 내 뇌리에 한 가지 생각이 스쳤다.

아까 관리인 노인과의 대화도 그렇고, 아마도 박진성 회장은…….

"제게 용건이 있으신 것도 그 때문이시지요?"

박진성 회장은 씨익 웃었다.

"역시 똘똘하군."

"별말씀을요."

아마도 죽을병일 것이다.

현대의학으로 치료할 수 없는 병을 극복할 마지막 수단으로 아레나를 선택한 것이리라.

햇병아리 시험자인 나를 직접 만나러 올 정도로 지극정성으로 말이다. 아마 내가 남다른 메인스킬을 가지고 있다는 정보를 입수했겠지.

"이제 아무도 없으니 자네 총 좀 보여줘. 한번 보고 싶군."

"예, 무장!"

모신나강이 나타나 오른손에 잡혔다. 박진성 회장은 이미 여러 시험자를 만나봐서 익숙한지 전혀 놀라지 않았다.

대신 박진성 회장은 내 모신나강을 보자 시름에 잠겨 있던 눈빛에 활기가 돌았다.

"이야, 그거 구소련 물건 아냐. 어디 줘봐!"

총을 건네주자 박진성 회장은 장난감을 받은 어린아이처럼 좋아했다.

"야, 때갈 좋다. 내 인생보다 더 오래된 놈인데."

"총을 아십니까?"

"그럼! 내가 나름 총 마니아야. 사냥도 총 쏘는 재미로 시작했거든. 캘리포니아에 있는 내 별장에 소총이랑 권총이랑 잔뜩 수집해 놓았다. 이 모신나강도 소련제랑 핀란드제랑 갖고 있고."

역시 총은 남자의 물건인가.

모신나강을 연신 만지작거리며 좋아하는 박진성 회장이었다.

박진성 회장은 모신나강을 다시 나에게 돌려주었다.

"근데 카르마가 부족해서 이런 구식 총을 쓰는 겐가?"

"예."

"얼른 카르마 더 모아서 반자동소총으로 바꿔."

"저도 그러고 싶습니다."

"하아, 그나저나 어쩐다? 내 몸 상태가 생각보다 더 안 좋아서 사냥은 안 되겠는데. 에이, 총 한번 쏘고 싶었는데……."

"그럼 사냥은 후딱 끝내죠. 한두 시간은 걸을 수 있으시겠어요?"

"그 정도야. 가능하겠어?"

"예, 실프!"

—냐앙?

실프가 소환되자 박진성 회장의 두 눈이 휘둥그레졌다.

"그게 뭔가?"

"정령입니다."

"정령? 아, 정령술인가? 그래서 자네 메인스킬이 특이하다고 한 거였군."

"예."

나는 실프에게 지시했다.

"가장 가까이에 있는 산짐승이 어디에 있는지 알려줘."

고개를 끄덕인 실프는 휙 하니 사라졌다. 잠시 후에 실프가 돌아와서 앞발로 왼편을 가리켰다. 그리고는 숫자 174를 땅에 적었다.

"토끼니?"

실프는 고개를 저었다.

"사슴? 고라니?"

실프는 계속 고개를 저었다.

"멧돼지?"

그제야 끄덕이는 실프.

나는 박진성 회장에게 말했다.

"멧돼지라네요. 가죠."

"그러지."

함께 걸으면서 박진성 회장은 연신 실프를 신기하다는 듯이 쳐다봤다.

나는 실프에게 다시 지시를 내렸다.

"우리의 냄새와 소리를 모두 없애줘."

—냥.

그때부터는 우리의 발소리가 들리지 않게 되었다.

박진성 회장은 더욱 신기해했다.

이윽고 실프가 앞을 가리켰다.

무성한 수풀에 몸을 감춘 채 앞을 살펴보니, 정말로 멧돼지 한 마리가 보였다. 아주 큼직한 놈이었는데, 놈은 우리의 존재를 눈치채지 못했다.

"쏘시겠습니까?"

"그러지. 맡겨두라고."

박진성 회장은 자기 엽총으로 멧돼지를 겨누었다.

만에 하나를 대비해서 나 역시 모신나강으로 조준을 했다. 박진성 회장의 사격이 빗나가면 멧돼지가 도망치기 전에 내가 맞출 생각이었다.

하지만 기우였다.

퍼억!

엽총이 발사되면서 멧돼지의 옆구리에 피가 터졌다. 실프의 소리차단으로 총성은 울려 퍼지지 않았다.

비틀거리는 멧돼지에게 박진성 회장은 한 발 더 쏘았다.

퍽!

이번에도 몸통!

멧돼지는 그대로 즉사했다.

"이야, 하하! 해냈다!"

뛸 듯이 기뻐하는 박진성 회장. 병에 걸려 죽어가는 자신이 다시 사냥에 성공할 수 있을 줄은 몰랐으리라.

"이렇게 사냥이 쉽다니 정말 정령은 대단하군."

"예, 대단하죠. 실프는."

내 칭찬에 실프는 꼬리로 툭툭 내 뺨을 치며 애교를 부린다.

"이야, 이거 아침거리로 싸온 샌드위치도 필요 없겠군. 식사는 이놈으로 하는 게 어때? 산장 노인네가 이런 거 요리를 기막히게 하거든."

"그러죠."

"잠깐만 기다려 봐. 내가 애들 불러서 이놈을 가지러 오게 해야지."

"아뇨, 그냥 제가 들고 가겠습니다."

"응? 이 큰 놈을?"

나는 죽은 멧돼지에게 다가갔다. 뒷다리를 들고서 번쩍 등에 들쳐 업었다. 수백 킬로그램짜리 멧돼지가 가뿐하게 들렸다. 체력보정 초급 5레벨 덕분이었다.

"체력보정도 익혔나 보군. 그 정도면 초급 4레벨 정도 되나?"

"5레벨입니다."

"그래? 이야, 이제 3회차일 텐데 성장이 빠르네?"

시험자도 연구소 관계자도 아니면서 시험자에 대해 빠삭하군.

박진성 회장이 얼마나 아레나에 대해 관심이 많은지 알 수 있는 모습이었다.

우리가 멧돼지를 들고 돌아오자 산장은 난리가 났다.

박진성 회장의 수행원들은 물론이고 산장 관리인 노인도 기겁을 했다.

"아니, 멧돼지를 잡으셨습니까?"

"하핫! 어때? 오늘내일하는 늙은이가 제법이지?"

"아아, 정말 회장님은 대단하십니다!"

"하하핫! 뭐, 이 친구가 거의 잡은 건데 뭘. 우리 아직 아침도 안 먹었으니까 이놈으로 빨리 요리나 해줘."

"아이고, 그래야지요. 시장하실 텐데 빨리 솜씨 발휘해서 갖다드리겠습니다!"

노인은 능숙하게 멧돼지를 해체하기 시작했다.

배를 가르고 장기를 꺼낸 후에 발목을 자르고 박진성 회장 수행원들의 도움을 받아 가죽을 벗겨낸다. 척척 해내는 노인의 손길을 나는 감탄하며 지켜보았다.

박진성 회장이 자기 자랑처럼 말했다.

"사실 저 노인네가 진짜 사냥의 달인이야. 매달 생활비 안 보내줘도 총이랑 개만 있으면 잘 먹고 살걸?"

"예, 손질하는 걸 보니 한두 번 하시는 게 아닌 것 같네요."

아레나에서 산짐승을 몇 번이고 손질해 봤기에 노인이 얼마나 능숙한지 알 수 있었다.

한참 후에야 우리는 식사를 할 수 있었다. 막 잡은 멧돼지 고기를 바비큐로 구워서 매콤한 양념을 바른 요리였다. 박진성 회장의 말대로 노인은 요리 솜씨도 기막혔다.

대기업 회장과의 식사라 뭔가 호화로운 것을 생각했었는데, 이런 것도 나쁘지 않았다. 하기야 격식 있는 최고급 레스토랑 같은 데는 내가 부담스러웠을 테고.

함께 사냥까지 즐긴 것을 보면 박진성 회장은 나와 좋은 관계를 이루고 싶은 것 같았다.

식사를 마치자 관리인 노인은 적포도주를 한 잔씩 가져다주었다.

"고마워. 이제 잠시 둘이서 얘기 좀 하겠네."

"예."

노인도 수행원들도 물러났다.

산장 앞마당에 회장과 나 단둘이 남게 되었다.

박진성 회장은 포도주를 한 모금 마시며 맛을 음미하더니, 이윽고 입을 열었다.

"이 세상에서 가장 중요한 게 뭔가?"

"목숨이요."

내 대답에는 망설임이 없었다.

박진성 회장은 흐뭇한 표정으로 고개를 끄덕였다.

"그렇지. 그 말이 바로 나와야 해. 질문을 받았을 때 돈 같은 다른 것들이 머릿속에 떠올라서는 안 돼."

"동의합니다."

"내가 왜 시험자를 찾아다니고, 아레나에 관심을 기울이는지 알지?"

"예."

"나도 자네들과 같아. 나도 살고 싶어서 노력하는 거야. 사람이 태어나서 결국은 죽게 되지만, 아직은 살아 있으니까 눈 감기 전까지는 살려고 노력할 거야."

"……."

"그러니까 단도직입적으로 묻겠네. 내 병을 치료할 만한 수단이 있겠나?"

"글쎄요. 힐링포션 같은 상처를 치료하는 약품도 있으니 질병을 치료하는 물건도 있지 않겠습니까?"

"내가 알기로는 없어. 많은 시험자를 수소문해서 의뢰했는데 아직까지는 아무도 성과를 가져오지 못했어. 상처는 치유할 수 있어도 병을 낫게 만드는 건 아레나에 없어. 그쪽 세계는 의학이 지구보다 훨씬 미개하거든."

"……."

"그래도 내가 한 가지 희망을 거는 건 스킬이야."

"스킬이요?"

"그래, 그 힐링포션은 마법으로 만들었다고 하더군. 그것처럼 질병을 낫게 하는 스킬을 습득한 시험자가 있을지도 모른다는 게 내 희망이야."

가만, 스킬?

그 말을 들었을 때 내 머릿속에 스킬 합성이 떠올랐다.

……어쩌면?

11장

생명의 불꽃

박진성 회장은 아직까지 병을 낫게 하는 스킬을 찾아내지 못했을 것이다. 어쩌면 그런 스킬은 존재하지 않는 것인지도 모른다.

하지만 그렇다 해도 나에게는 가능성이 있었다.

스킬 합성!

내가 가진 특수스킬인 스킬 합성이라면 존재하지 않는 스킬도 만들어낼 수 있었다.

잘만 합성한다면 말이다.

머릿속에 떠오르는 합성 공식이 있었다.

바로 힐링포션!

'아이템도 합성 재료로 쓸 수 있다고 했어.'

아이템백에 아직 덜 쓴 힐링포션이 있었다. 그걸 아이템화하고 스킬 합성의 재료로 사용한다면, 병을 회복시키는 스킬이 만들어질지도 모른다.

그런 스킬이 있으면 박진성 회장의 치료뿐만이 아니라, 나에게도 도움이 되고 말이다. 낯선 세계에서 다니다 보면 여러 가지 질병에 걸릴 위험도 있으니까. 식중독부터 시작해서 말이지.

거기까지 생각이 미친 나는 박진성 회장에게 말했다.

"한 가지 시험해 볼 것이 있는데 잠시만 기다려 주시겠습니까?"

"그러게."

박진성 회장의 눈빛도 변했다. 나에게 무언가 기대를 거는 눈치였다.

스킬 합성을 하는 모습을 남에게 보여주고 싶지 않았기 때문에 나는 산속으로 갔다.

"석판 소환."

석판이 나타났다.

일단은 아이템백에서 힐링포션을 꺼냈다. 그리고 석판에 대고 말했다.

"카르마 보상, 이 힐링포션을 아이템으로 만들고 싶다."

—소유하고 계신 힐링포션(160/200ml)을 아이템화하는 데 150카르마가 소모됩니다. 아이템화하시겠습니까?

—잔여 카르마: +300

150카르마? 너무 비싸다.

하지만 이해는 된다.

힐링포션의 가치는 충분히 그 정도 한다. 치명상을 입어도 힐링포션을 부으면 치료할 수 있으니 어찌 보면 여벌의 목숨이나 다름없는 가치인 것이다.

"하겠다."

—힐링포션(160/200ml)을 아이템화했습니다.
—잔여 카르마: +150

나는 한숨을 쉬었다. 150카르마나 소비했으니 반드시 성공해야 한다.

"스킬 합성."

—합성에 사용할 스킬이나 아이템을 선택하십시오.
1. 합성 가능한 스킬: 정령술(실프), 정령술(카사), 체력보정, 길잡이.
2. 합성 가능한 아이템: 모신나강, 아이템백, 힐링포션(160/200ml)
*합성에 사용한 아이템은 소멸됩니다.

"정령술 실프와 힐링포션을 합성한다."

—정령술(실프)과 힐링포션(16ㅁ/2ㅁㅁml)을 합성합니다.

—합성 실패.

'제길.'

실패하자 나는 가슴이 철렁했다.

설마 합성이 안 되는 건가? 그러면 힐링포션을 아이템화한 보람이 없어진다.

마음을 졸이며 나는 계속 시도했다.

"정령술 카사와 힐링포션을 합성한다."

—정령술(카사)과 힐링포션(16ㅁ/2ㅁㅁml)을 합성합니다.

파앗!

석판에서 빛이 났다.

—합성 성공. 생명의 불꽃(합성스킬)을 습득했습니다.

—힐링포션(16ㅁ/2ㅁㅁml)가 소멸됩니다.

—생명의 불꽃(합성스킬): 생명의 불꽃을 불어넣어 생명력을 북돋습니다. 하루 1회만 사용 가능합니다.

*초급 1레벨: 원기회복과 노화방지에 미약한 효과.

'성공이다!'

나는 전율했다.

생명력을 북돋는 스킬!

지금은 초급 1레벨이라 원기회복과 노화방지에 미약한 효과밖에 못 내지만, 레벨이 오르면 효력이 더 강해져 불치병까지 치료할 수 있을지도 모른다.

나는 다시 박진성 회장에게 돌아갔다.

"어떤가?"

회장이 바로 물었다.

"성과가 있군요. 한번 보여드리겠습니다."

"어서 보여주게."

고개를 끄덕인 나는 곧바로 나직이 스킬명을 외쳤다.

"생명의 불꽃!"

그러자,

화륵!

내 손바닥 위에 반딧불처럼 자그마한 불꽃이 생성되었다.

"그게 뭔가?"

"생명력을 북돋는 불꽃입니다. 음, 한번 드셔보시겠습니까?"

"먹으라고?"

박진성 회장은 유심히 내 손바닥 위에 둥실 떠 있는 불꽃을 바라보았다.

"먹어보겠네."

"예."

나는 불꽃을 건네주었다. 박진성 회장은 빤히 불꽃을 보더니, 눈을 질끈 감고 입안에 넣어 삼켰다.

그런데 먹고 난 박진성 회장은 눈을 뜨고 감탄했다.

"후끈하군."

"어떠십니까?"

"몸이 피곤했던 게 싹 사라졌어. 이거 정말 대단하군! 하나 더 만들어줄 수 있겠나?"

"하루에 1개씩밖에 못 만듭니다. 일단은 원기회복과 노화방지에 약간의 효과가 있다고 설명이 되어 있는데, 아마 회장님의 건강 상태를 유지하는 데는 도움이 되지 않을까 싶군요."

"하루에 하나씩이라……."

박진성 회장의 눈빛이 다시 변한다.

자, 시식은 하나뿐이다. 또 먹고 싶으면 그만한 대가를 지불하셔야지?

나는 가만히 박진성 회장의 말을 기다렸다,

박진성 회장도 당연히 그 정도 눈치는 있었다. 이제 자기가 대가를 제시할 차례라는 것을.

"하루에 하나씩, 그것을 사고 싶네."

"조건만 맞는다면 당연히 제공해 드릴 용의가 있습니다."

"개당 1억."

"예?"

나는 화들짝 놀랐다.

하나에 1억씩?

그럼 하루에 1억씩 꼬박꼬박 지불하겠다는 뜻인가?

상상했던 것보다 훨씬 큰 금액에 서민인 나로서는 깜짝 놀랄 수밖에 없었다.

"아직 효과가 어느 정도인지도 확인되지 않았을 텐데요?"

"상관없네. 설령 내 병세 악화를 막을 수 없어도 무조건 1억 이상은 지불하겠네."

박진성 회장은 자리에서 벌떡 일어나 기지개를 켜고 스트레칭을 해보였다. 그러면서 계속 말했다.

"몸에 이렇게 활력이 돋는 건 참 오랜만이야. 나에게 활기찬 하루를 주는 것만으로도 1억은 싼값일세."

"……."

"일주일간 복용해 보고 주치의에게 진단을 받아서 효과를 확인하겠네. 병세 회복에도 효과가 있음을 확인하면 추가금을 지불하지. 금액적인 부분에 있어서는 섭섭할 일이 없을 걸세. 난 박진성이야."

이 나라 최고 부자 박진성.

하긴, 그에게 하루에 1억은 그리 큰 소비가 아닐 터였다. 목숨까지 달려 있으니 그보다 더 큰 돈도 기꺼이 지불하겠지.

"그런데 한 가지 문제가 있습니다."

나는 본격적으로 '진짜' 협상에 돌입했다.

"문제? 금액이 부족한가?"

"아니요. 금액은 불만이 없습니다. 제가 말씀드리고 싶은 문제는 어쩌면 회장님의 문제도 되겠군요."

"말해보게."

"전 다음 시험에서 죽을 확률이 높습니다."

"뭐?"

"3회차 시험에서 동료를 전부 잃었습니다. 이제 저는 앞으로 혼자서 시험을 치러야 합니다."

박진성 회장의 얼굴에 경악이 일었다.

"자네 팀은 상당히 전도유망하다고 들었네. 강 뭐라고 하던 뛰어난 무술가 친구도 있었고. 그런데 전부……."

"전부 죽었습니다. 아마 한국아레나연구소도 저를 포기할 가능성이 높고요."

"이런……."

박진성 회장의 얼굴에 더없이 낭패의 기색이 어렸다.

내가 죽으면 그 역시 생명의 불꽃을 더 이상 얻을 수 없게 된다. 마침내 찾은 희망을 잃게 되는 것이다.

"어쩌면 오늘 드신 것까지 총 19개가 회장님이 얻으실 수 있는 전부가 될지도 모르죠."

"그럴 수는 없네. 드디어 찾은 희망인데 그렇게 허망하게 잃을 수는 없어."

"물론 저도 죽을 생각은 없습니다. 비록 혼자뿐이지만 악착같이 살아남을 생각입니다."

"자네, 아직 포기한 건 아니지?"

"당연히 아닙니다. 저는 반드시 살아남을 겁니다. 다만 회장님께는 만에 하나를 대비해서 말씀드리는 겁니다."

"……."

알아들을 것이다. 내가 무엇을 원하는지 이해했으리라.
내가 당신을 살려줄 수 있으니, 당신도 날 살려달라. 난 그렇게 말하는 것이다.
"자네, 위치가 어딘가?"
"위치라니요?"
"아레나에서 자네가 있는 지역 말일세."
"대륙 남동쪽 끝에 있는 숲에서 막 탈출했습니다. 레드 에이프와 라이칸스로프가 출몰하는 숲에서 서쪽으로 쭉 가로질러서 빠져나왔습니다. 라이칸스로프들에게 동료를 전부 잃었습니다만……."
"알겠네. 내가 방법을 찾아보지."
그 말에 나는 기쁨에 주먹을 불끈 쥐었다.
박진성 회장이 날 도와주기 위해 나서준다면 그보다 든든한 일이 없었다. 어쩌면 국가기관인 한국아레나연구소보다 더 확실한 지원을 해줄 것이다.
"오늘 중으로 연구소에서 자네에게 연락이 갈 걸세."
"연락이요?"
"더 이상 연구소에 붙어 있을 필요 없잖나. 그놈들은 기업보다 더 돈을 밝히는 것들이야. 가망 없는 시험자는 헌신짝처럼 버려 버리지."
박진성 회장도 차진혁과 같은 의견이었다.
"자네 그러고 보니 백수였지?"
"……네."

갑자기 약점을 찔린 탓에 나는 움찔했다.

"쯧, 젊은 놈이."

박진성 회장의 핀잔에 절로 고개가 숙여진다. 맨손으로 지금의 부를 일군 박진성 회장에 비하면 내 지난 삶은 부끄러울 따름이었다.

"이참에 취직이나 해."

"취직이요?"

"그래, 국세청에게 털리고 싶나? 하루에 1억씩 받을 명목이 필요하잖나. 내가 자네를 개인수행원으로 고용하고 급여는 월 30억으로 설정해 놓겠네."

그럼 연봉 360억인가.

이 무슨 프리미어리그의 축구스타 같은 몸값이냐.

"예상은 했겠지만 진성그룹도 시험자들을 지원하면서 마정을 확보하고 있네. 마정을 신 에너지자원으로 활용하는 기술도 연구 중이지. 물론 진짜 목적은 따로 있지만."

진짜 목적은 병을 치유하는 것이리라.

"공식적으로 정부는 아레나 관련 사업을 인정하지 않지만 딱히 금지하는 것도 아니지. 내가 한국아레나연구소에 댄 지원금도 상당하니 자네를 빼내는 데도 아무 문제없네."

졸지에 나는 진성그룹으로 이직을 하게 되었다.

*　　*　　*

집으로 돌아와서 쉬고 있는데 정말로 연락이 왔다.

연락한 사람은 바로 차지혜였다.

—안녕하셨습니까.

"예."

—진성그룹으로부터 김현호 씨와 관련된 요청이 와서 깜짝 놀랐습니다. 박진성 회장과는 어떤 관계이십니까?

"어찌어찌 인연이 닿았죠."

나는 말을 아꼈다.

차지혜도 굳이 캐묻지 않았다.

—아무튼 진성그룹은 저희 연구소의 중요한 후원자이기도 한 까닭에 그분의 부탁을 거부할 수가 없습니다. 그분의 요청대로 저희 연구소는 김현호 씨와의 계약을 파기하고자 하는데 이에 동의하십니까?

"예, 동의합니다."

—예, 그렇다면 오늘부터 김현호 씨와의 계약은 파기되었습니다. 그리고 개인적으로는, 정말 다행이라고 생각됩니다. 자세한 사정은 모르겠지만 저희보다 박진성 회장의 지원을 받는 것이 김현호 씨의 생존에 도움이 될 겁니다.

"그동안 감사했습니다, 차지혜 씨."

—꼭 살아남으시길 기원하겠습니다.

"예."

그렇게 통화는 끝났다.

한국아레나연구소와의 관계가 이렇게 빨리 정리되다니. 박진성 회장의 파워가 대단하긴 대단한 모양이었다.

그리고 잠시 후, 박진성 회장에게서 전화가 왔다.

―연락 받았나?

"예, 그쪽과의 계약은 파기되었어요."

―잘됐군. 그럼 내일 사람을 보낼 테니 만나서 얘기 좀 하지. 지금 아레나에서 자네를 도와줄 수 있는 시험자를 수소문하고 있네. 세계 각지의 국가기관에 요청해 놨으니 조만간 결과가 있을 걸세.

'헐.'

일처리가 정말 빠르다.

처음 만나서 함께 사냥하고 식사한 게 오늘 아침의 일이었다. 그런데 반나절도 되지 않은 지금 벌써 그 정도까지 일을 진행시킨 것이다.

박진성 회장이 어떤 사람인지, 얼마나 간절히 살고 싶어 하는지 알 수 있었다.

* * *

다음 날 아침, 나는 새로운 문제에 부딪쳤다.

"아들!"

엄마가 아침부터 날 깨웠다.

"왜?"

"오늘이 무슨 날인지 알아?"

"금요일."

"오늘은 아들이 약속한 다음 달이지."

"……!"

그제야 나는 엄마와 했던 약속이 떠올랐다.

집에서 놀지 말고 함께 가게 나와서 닭강정을 볶으라는 엄마의 닦달에 이번 달은 봐달라고 했었다. 그런데 벌써 약속한 다음 달이 된 것이다.

"이제 닭장사의 세계에 입문할 시간이야, 아들."

엄마는 나를 가게에서 부릴 생각으로 설레는 얼굴이었다.

'으음.'

하지만 난 그럴 틈이 없다. 다음 시험까지 남겨진 휴식 시간을 닭강정 볶으며 보낼 수 없단 말이다!

하는 수 없이 내가 취직했다는 사실을 말해야겠군.

"엄마, 사실 나 말이지……."

"변명하지 마. 아들은 오늘부터 닭장사야."

"천만에요. 이 아들이 놀랍게도 취직을 했거든요."

"응? 취직?"

"네, 취직."

"아들……. 알바자리라도 구했어? 알바는 취직이 아니야."

이 아줌마가 근데.

내가 말했다.

"알바 말고 진짜 직장이야."

"어느 회사가 아들을 고용해? 수상한 회사 아냐?"

"아냐! 대체 날 뭐로 보는 거야?"
"공부도 스펙도 안 되는 백수 아들이지. 언제 사라질지 모르는 수상한 회사에서 딴짓하지 말고 엄마랑 닭강정이나 볶자, 아들."
이해한다. 나에 대한 엄마의 신뢰는 딱 이 정도지.
"엄마, 놀라지 마시라. 나 무려 진성그룹에 취직하게 됐답니다!"
"지, 진성그룹?"
"응."
돌연 엄마의 눈빛이 측은하게 변했다.
"아들. 망상에 빠져 현실도피를 하는 거야? 헛소리 그만하고 엄마랑 가게 나가자, 응?"
"아 놔, 정말이라니까!"
"아들이 진성그룹에 취직할 수 있을 리가 없잖아."
"내가 설명할게."
나는 진성그룹에 취직하게 된 이야기를 적당히 각색했다.
"등산을 하다가 다친 사람을 구했는데 그 사람이 진성전자의 이사였다고?"
"응. 내가 백수라니까 취직하래. 좋은 자리에 박아주겠대."
"그게 정말이야? 그 아저씨 이상한 사람 아니고?"
"아니야."
"아들, 세상은 그렇게 쉬운 게 아니야. 분명 뭔가가 있을 거야."

"아, 정말! 좀 믿으라니까!"

"지금 엄마한테 뻥치는 거지? 집에서 놀고 싶어서 지어낸 거 아니야?"

"아줌마, 이제 그만 좀 하세요, 네?"

나에 대한 깊은 불신에 빠진 엄마. 엄마는 심지어 지원군까지 불렀다.

"얘, 현지야! 오빠 좀 말려봐라!"

"무슨 일인데?"

후다닥 달려온 현지.

엄마는 내가 진성그룹에 취직했다고 주장한다고 이야기했다.

얘기를 듣고 현지는,

"깔깔깔깔깔깔깔깔!"

배를 잡고 데굴데굴 구른다. 얼마나 신 나게 웃던지 '깔깔' 소리가 환청처럼 귀에 아른거린다. 이년이!

"오빠가 진성그룹에 취업을? 그럼 난 구글 가겠다. 깔깔깔!"

"구글은 토익 400점짜리 인재를 원하지 않는단다."

"흥, 진성그룹도 공무원 시험공부만 하던 서른 다된 노땅은 취급 안 하거든?"

"얘야, 개념을 클럽에 놓고 왔니? 오라버니에 대한 존경심은 좀 더 갖지 그러니?"

"어머, 웃겨! 이보세요, 아저씨. 혹시 솔로 아니세요? 이제 슬슬 결혼할 때 되지 않았나요? 친구들은 하나둘 결혼하고 있죠? 근데 혼자 뭐하세요?"

"크윽……."

이 잔인한 것. 인정사정없구나.

이대로 질 수 없다!

"뭐하긴? 너무 걱정 마시라. 여동생 절친과 썸 타는 중이거든요!"

"꺄악! 민정인 안 된댔다!"

"으하하! 네 허락 따윈 필요 없다!"

"죽을래?!"

우리는 서로의 아픈 점을 물어뜯으며 싸웠다. 그런 우리를 보며 엄마는 머리를 싸쥐며 괴로워했다. 하긴 나라도 내 자식들이 우리 같으면 심란하겠다.

그런데 그때였다.

딩동~

초인종이 울렸다.

"어머, 누구지? 가스 점검인가?"

엄마가 나가보았다.

"누구시죠?"

"김현호 씨 댁 맞으십니까?"

"예, 그런데요?"

"진성그룹에서 나왔습니다."

"네?"

"모시러 왔습니다. 김현호 씨 안에 계십니까?"

"아, 아들……."

엄마는 믿어지지 않는다는 표정으로 날 돌아본다.

박진성 회장이 보낸 사람이 벌써 왔구나. 아침부터 부르다니, 정말 일 추진 속도가 폭풍 같다.

덕분에 나는 체면 회복은 물론 콧대가 하늘을 찌를 높아졌다.

"훗, 이래도 내가 거짓말쟁이라고? 망상에 빠져 현실 부정을 한다고?"

"아무리 그래도 어떻게 진성그룹에서 사람까지 올 줄은……!"

현지도 무척 당황한 눈치였다.

나는 씨익 웃으며 현지의 어깨에 손을 얹었다.

"우리 여동생, 아까 오라버니에게 뭐라고 했더라?"

"그, 그게……."

"후훗, 이 오라버니 오늘부터 대기업에 다니게 됐는데. 이제 우리 못된 여동생은 국물도 없겠네?"

"오, 오빠. 아니, 오라버니!"

현지는 갑자기 태도가 공손하게 돌변했다.

"제가 식사 차려드릴까요? 오늘부터 존댓말 쓸까요, 오라버니?"

"이미 늦었다, 요망한 년."

"아잉, 오빠!"

현지가 엉겨 붙었다.

그러거나 말거나 나는 일단 현관으로 나가 마중 온 사람에게 조금만 기다려 달라고 했다.

"예, 천천히 나오십시오. 주차장에서 기다리겠습니다."

어제도 봤던 박진성 회장의 운전수였다. 사내는 공손히 대답하고는 먼저 내려갔다.

나는 서둘러 씻고 옷을 입었다.

일단 가족들에게는 취직했다고 말해뒀으니 경조사 외엔 입지 않았던 슈트를 꺼내 입어야 했다.

"오빠~"

현지가 아양을 떨며 나타났다. 요것은 내 옷장을 멋대로 뒤지더니 넥타이를 꺼냈다.

"넥타이 매줄게, 오빠."

"호오, 고맙기도 해라. 우리 싸가지 없는 여동생이 웬일이실까?"

"아잉, 난 바라는 거 없어."

애교를 떨며 현지는 내 목에 넥타이를 매주었다.

근데 얘 왜 이렇게 넥타이 매주는 손놀림이 능숙하냐. 대체 누구를 상대로 연습한 거야?

"바라는 게 없으니 다행이군. 난 또 용돈이라도 줘야 하나 했지."

"아앙, 오빠! 내가 매일 아침 차려줄게, 응?"

"글쎄. 너 하는 거 봐서."

"히히, 다녀오세요, 오라버니."

현관에서 구두를 꺼내 신은 나는 아직도 믿기 힘들다는 표정을 한 엄마에게 손을 흔들어 보였다.

"엄마, 이 아들 다녀올게. 엄마는 오늘도 열심히 닭 장사, 파이팅!"

"어, 어……."

그렇게 나는 집을 나섰다.

아파트 현관에 사내가 기다리고 있었다. 나는 사내가 운전하는 벤츠를 타고 이동했다.

진성그룹의 본사는 강남에 있지만, 우리가 향한 곳은 충북 진천군. 어제도 갔었던 그 산장이었다.

"왔는가?"

박진성 회장은 이미 사냥 준비를 전부 끝내놓고 날 기다리고 있었다.

"또 사냥이에요?"

"어제는 사냥도 아니었지 않나. 오늘은 자네의 능력 없이 제대로 해볼 생각이네. 그보다, 우선은 줘야 하는 게 있지?"

생명의 불꽃을 요구하는 거다.

나는 고개를 끄덕였다.

"예, 사냥하면서 드리겠습니다."

"그러게."

관리인 노인이 챙겨준 장비를 모두 가지고서 우리는 사냥을 시작했다.

단둘이 남게 되자 나는 생명의 불꽃을 만들어 박진성 회장에게 건넸다.

불꽃을 먹고서 박진성 회장은 기분 좋게 미소를 지었다.

"역시 힘이 솟는군. 매일 꾸준히 먹으면 내 병도 나을 것 같네."

생명의 불꽃은 확실히 효과가 있어 보였다.

어제는 그렇게 힘들어했던 박진성 회장이 오늘은 앞장서서 산을 잘 타고 있었다.

끌고 온 셰퍼드가 산짐승의 흔적을 발견했는지 코를 킁킁댔다.

땅에 남겨진 발자국을 보더니 박진성 회장이 말했다.

"고라니군."

우리는 셰퍼드가 이끄는 대로 뒤따랐다. 함께 이동하면서 우리는 대화를 나눴다.

"어제 노르딕 시험단의 연락을 받았네."

"노르딕 시험단이 뭐죠?"

"노르딕 5국과 노르딕 이사회의 준회원인 3개 자치구의 시험자들이 연합하여 창설한 국제기관일세."

"……?"

여전히 어리둥절한 얼굴을 한 나에게 박진성 회장을 혀를 찼다.

"무식한 건가, 아니면 요즘 젊은이들은 다 자네 같은가?"

"제가 요즘 젊은이의 표준이죠."

"이 나라가 큰일이군. 주둥이로만 글로벌, 글로벌 한단 말이야."

박진성 회장의 설명에 의하면 노르딕 국가는 노르웨이, 덴마크, 스웨덴, 핀란드, 아이슬란드 등 북유럽의 다섯 국가를 뜻했다.

또한 노르딕 이사회의 준회원인 3개 자치구역은 그린란드, 올란드 제도, 페로 제도였다.

노르딕 시험단은 이들이 연합하여 설립한 아레나 관련 시험자 지원 기관이었다.

마정을 획득해 차세대 에너지자원을 확보하는 활동은 다른 국가기관과 비슷하지만, 이들은 무엇보다도 시험자들이 창설한 조직이라 시험자의 생존을 가장 중요한 목표로 한다고 한다.

"시험자의 생명을 중시 여기는 풍조 덕에 자네를 돕는 문제에 긍정적인 반응을 들었네."

"노르딕 시험단의 시험자들이 저를 돕는다고요?"

박진성 회장은 고개를 끄덕였다.

"무엇보다 자네는 아직 3회차잖나. 4회차 시험을 돕는 정도는 10회차를 넘긴 베테랑들에게는 그리 어려운 일이 아니거든. 물론 그만한 대가는 내가 치르기로 했지만."

"대가가 어느 정도던가요?"

"별거 아닐세. 자네를 돕는 시험자에게 100억 원을 지불하기로 했어."

'100억이 별거 아니라고?!'

나는 기겁을 했다.

나 때문에 기꺼이 그런 돈을 지불한 박진성 회장의 스케일에 기가 질렸다.

박진성 회장이 정말로 자신의 불치병을 극복하기 위해 최선을 다하고 있다는 느낌이 들었다.

'정말 다행이다.'

박진성 회장의 눈에 든 것도, 박진성 회장이 원하는 것을 들어줄 스킬이 나에게 있는 것도 정말 큰 행운이었다.

"하지만 자네가 4회차에서 어떤 시험을 받을지 모르기 때문에 일단은 자네를 직접 만나서 얘기해 보고 싶다고 했네."

"저를 직접요?"

"사실 그들의 흥미를 끌 만한 소스를 흘렸거든."

"정령술 말이죠?"

"그렇네. 듣기로 노르딕 시험단에도 정령술을 습득한 시험자는 없다더군. 그래서 자네에게 흥미를 보이는 거야. 덕분에 도움을 이끌어낼 수도 있었고."

"그걸 하루 만에 하시다니, 정말 대단하시네요."

"어제는 자네에게 받은 불꽃 덕분에 하루 내내 기운이 넘쳤거든. 덕분에 의욕적으로 일처리를 할 수 있었네."

"저 때문에 100억을 쓰신 건……."

"개의치 말게."

"……."

"자네는 죽지만 않으면 돼. 4회차도, 5회차도 계속 살아남아서 나를 살려주게. 그거면 되는 거야. 자네는 나에게 그 정도 가치가 있는 걸세."

"예, 반드시 살아남겠습니다."

"자, 그나저나 자네가 아레나에서 겪었던 이야기를 들려주게. 그동안 자네가 어떻게 시험을 치렀는지 알고 싶군."

"좋습니다."

그날 함께 사냥을 하면서 나는 시험자가 되고부터 겪은 일들을 들려주었다.

확실히 박진성 회장은 사람을 대하는 법을 잘 안다.

내 이야기에 귀를 기울이면서 감탄도 하고 때로는 안쓰러워하면서 좋은 청자가 되어주었다.

"확실히 천사 말이 옳네. 자네는 보통 사람이 아니야."

"그런가요?"

"그렇고말고. 자네가 시험을 치르면서 했던 판단들은 보통이 아니야."

박진성 회장은 매우 만족스러워했다.

"짐작은 했지만 얘기를 들으니 마음이 놓이는군. 자네는 쉽게 죽을 사람이 아니야. 내가 확실히 지원만 해준다면, 자네는 앞으로도 혼자서도 능히 시험을 해나갈 걸세."

앞으로도, 라…….

하지만 엄밀히 따지면, 박진성 회장은 자신의 병이 완쾌될 때까지만 나를 필요로 한다. 그 이후는 알 바가 아닐 테지.

하지만 뭐 어떤가?

서로에게 이익이 될 수 있는 관계가 가장 좋은 관계다.

그가 나를 필요로 하듯, 나 역시 그의 도움을 받을 수 있을 만큼 받으면 되는 것이다.

적어도 이틀 전보다는 내 미래에 희망이 보이기 시작했다.

『아레나, 이계사냥기』 3권에 계속…